붉은 연꽃 건져 올리니
옷에 스미는 향내

태평광기언해 국역집

붉은 연꽃 건져 올리니
옷에 스미는 향내

– 우리말로 다시 태어난 태평광기 이야기 –

김동욱 풀어 옮김

보고사

차 례

술 대접하고 아내를 얻은 정덕린

　당나라 때 호남성 상담이라는 곳에서 벼슬을 한 정덕린은 벼슬하기 전 호북성 장사 땅에 살고 있었다. 그의 친척들이 강하라는 곳에 많이 살고 있어서 한 해에 한 번씩 찾아가 보곤 하였다.

　장사에서 강하로 가는 사이에는 동정호를 건너게 되는데, 상담을 지날 무렵 매번 한 노인을 만나곤 하였다. 그 노인은 작은 배를 타고 다니며 호수에 서식하는 마름의 일종인 능감을 팔았는데, 비록 백발이었으나 얼굴은 젊은이 같았다.

　덕린이 그 노인에게 말을 붙여 보았으나 상당히 심오한 말을 하여 잘 알아듣기가 어려웠다. 덕린은 화제를 돌려 물었다.

　"배 안에 양식도 없는 것 같은데 뭘 드시며 지내십니까?"

　"능감을 먹지요."

　덕린은 평소 술을 좋아해서 늘 송료춘이라는 술을 가지고 다녔다. 강하로 갈 때마다 그 노인에게 술대접을 하였으나, 그 노인은 고맙다는 말을 하는 일이 없었다.

덕린이 강하에 다녀오다가 황학루 아래 배를 정박하였는데, 뱃길로 장사를 다니는 위씨가 큰 배를 타고 상담으로 가다가 그 곁에 배를 댔다.

그 날 밤, 덕린은 그 배의 뱃사람들과 더불어 이별주를 마시게 되었다. 위씨에게는 딸이 하나 있었는데, 그녀도 뱃머리에 앉아 이웃 배의 여자와 작별의 말을 나누고 있었다.

한밤중이 되었을 때, 강 한가운데서 시를 읊조리는 소리가 들려왔다.

> 무언가가 작은 배를 건드리니
> 마음으로 절로 알겠네.
> 바람이 자서 물결은 고요한데
> 달빛은 희미하네.
> 밤은 깊은데
> 강물 위에서 시름을 풀다가
> 붉은 연꽃을 건져 올리니
> 향내가 옷에 스며드네.

이웃 배의 여자는 글을 잘 썼다. 그녀가 위씨 딸의 화장품 그릇에서 종이 한 장을 꺼내 그 글귀를 받아 적은 뒤 읊었으나, 누구의 글인지는 알 수 없었다.

이튿날 아침에 위씨의 배가 떠나므로, 덕린도 배를 끌어 함께 강하를 떠나 동정호를 향해 갔다. 위씨가 배를 정박한 곳 근처에 덕린도 자신의 배를 정박시켰다.

위씨의 딸은 얼굴이 곱고 자태가 아름다웠다. 그녀는 선창에 기대 낚시를 드리우고 있었다. 그녀를 몰래 엿보던 덕린은 마음이 몹시 흐뭇하여 붉은 비단 한 자를 끊어 시를 지어서 썼다.

> 섬섬옥수로 낚시를 드리운 채
> 선창에 기대고 있으니
> 붉은 연꽃 핀
> 가을 경치가 고운 장강이로다.
> 이미 패옥을 풀어
> 그대에게 줄 수 있거늘
> 다시 한 쌍이 되기를 비는
> 밝은 진주도 있다네.

덕린이 그 비단을 물에 넣어 낚시에 걸리게 하였다. 위씨의 딸은 그 글을 낚아 올려 한동안 바라보았으나 글의 뜻을 알 수 없었다. 평소에 글을 잘 하지 못하여 화답하지 못하는 것을 부끄럽게 여긴 그녀는 전에 이웃 여자가 써주었던 종이를 낚싯줄에 매어 덕린에게 보냈다. 덕린은 그것을 위씨의 딸이 지은 글이라고 여겨 몹시 흐뭇해하였다. 그 글의 뜻을 자세히 알지 못하였고, 또한 서로 만날 계교도 떠오르지 않았다. 위씨의 딸은 덕린이 써 보내준 글을 항상 팔에 묶어 두고 아꼈다.

그 날 밤에는 달이 밝고 바람이 급히 일어났다. 위씨는 그 바람을 타 돛을 올리고 바삐 배를 몰아 나갔다. 덕린도 쫓아가고 싶었으나 배가 작았으므로 물결을 두렵게 여겨 함께 가지 못하고 마음속으로 한스럽게 여길 뿐이었다.

이튿날 어부들이 덕린에게 한 가지 소식을 전하였다.

"조금 전에 큰 상선이 동정호에서 침몰하여 배에 탔던 사람 전원이 다 죽었다는군."

덕린은 그 말을 듣고 깜짝 놀라며 슬퍼하였다. 그 날 밤에 덕린은 시 두 편을 지어 위씨의 딸의 죽음에 조의를 표하였다. 첫 번째 시는 다음과 같다.

> 물 위의 미친바람아
> 그만 좀 불지어다.
> 물결 꽃이 처음으로 터질 때
> 달빛은 희미하구나.
> 아득히 생각에 잠겼노라니
> 물결에 비낀 눈물이
> 아롱아롱 영롱한
> 진주알이 되어 떨어지누나.

두 번째 시는 다음과 같다.

> 갈꽃 피는 가을
> 동정호의 바람은 부드러운데

새로 빠져 죽은 미인 때문에
잔물결도 시름겨워하는구나.
그대 보지 못하는가,
흰 꽃 피는 마름 위에 떨어지는 눈물을.
달 밝은 강물 위엔
갈매기만 경쾌하게 날아다니네.

글을 다 짓자 술을 뿌리고 물 가운데 던지니, 지극한 정성이 감응하였다. 수신이 그 글을 가지고 수궁에 들어가니, 용왕이 그 글을 보고 물에 빠진 사람들을 불러 물었다.

"이 중에 누가 정생이 사랑하는 사람인가?"

위씨의 딸은 그 말뜻을 알지 못하여 바로 대답하지 못하였다. 그들을 거느려 온 수신이 그녀의 팔에 붉은 비단이 묶인 것을 보고 용왕에게 말하니, 용왕은

"정덕린은 나중에 우리 땅의 원님이 될 것이요, 전에 서로 만난 의리도 있지. 그러니 정생이 사랑하는 그대를 살려주지 않을 수 없겠군."

하고 담당자를 불러,

"이 여인을 데려다 정생에게 보내라."

하였다. 그녀가 용왕을 올려다보니 한 노인이었다.

수신이 그녀를 데리고 나가니 길에 막히는 것이 없었다. 길이 끝나는 곳에 큰 연못이 하나 있었는데, 푸른 물이 넓고 깊이 흐르

고 있었다. 수신은 그녀를 그곳에다 밀쳐 넣었다. 그녀는 혹 빠지
기도 하고 혹은 떠서 오락가락하였다.

　그때는 한밤중이었다. 덕린은 잠을 이루지 못한 채 그녀가 준 글
을 읊으며 더욱 슬퍼하였다. 홀연 무엇이 배에 부딪치는 듯하므로,
덕린이 불을 켜 비추니 비단 의복이 물결에 내밀리는 것이 사람의
거동 같았다. 깜짝 놀라 즉시 건져 올리니 바로 그녀였다. 그녀의
팔에는 묶었던 붉은 비단이 아직도 그대로 있었다.

　덕린은 한편 놀랍고 한편 기뻐하며 그녀를 배 안에 가만히 눕혀
두었다. 한참 뒤에야 그녀가 서서히 깨어났다. 새벽 무렵에는 말도
할 수 있게 되었다. 그녀가 수궁의 용왕이 살려준 일을 자세히 이르
니, 덕린이 말하였다.

　"용왕은 어떤 사람이었을까?"

　마침내 용왕이 누군지 알지 못한 채 그녀를 아내로 삼고 장사로

돌아갔다.

그로부터 3년이 지난 뒤에 덕린은 관리 후보가 되었다. 호남성의 예릉을 다스리는 원님을 하려고 하니, 그의 아내 위씨가 말하였다.

"당신은 틀림없이 악양의 원님을 할 것이니 헛된 일을 하려고 하지 마세요."

"당신이 그것을 어찌 안단 말이오?"

"지난번에 수궁의 용왕님이 말하기를, '우리 땅의 원님이 될 것이오.' 했답니다. 동정호는 악양에 속한 땅이지요. 그래서 안답니다." 하였다. 황제의 칙서가 내렸는데, 과연 악양 땅의 원님으로 임명되었다.

덕린이 먼저 임지에 부임하고, 배를 보내 아내를 맞았다. 그녀가 탄 배가 동정호에 이르렀을 때 배를 끄는 사람을 굽어보니, 한 늙은 노인이었는데 수궁 용왕의 모습이었다.

그녀가 놀라 즉시 그 노인을 불러 배로 모신 뒤 머리를 조아리며 재배하니, 그 노인이 붓을 달라고 하여 그녀의 두건에 다음과 같은 시를 써주었다.

> 옛날 강가에서
> 능감 팔던 사람은
> 그대의 배려로
> 송료춘을 자주 마셨었지.
> 이제 그대의 아내를 살려

보답을 하였으니
장사 사람 정덕린은
부디 잘 지내시게.

그리고는 이윽고 간 데가 없었다.

덕린은 그 글을 보고서야 수궁의 용왕이 전에 능감 팔던 노인이
었음을 깨달았다.

날마다 분 사들이는 도령

매우 부유한 집에 외아들로 태어난 도령이 있었다. 그의 부모는 하나뿐인 아들인지라 눈에 넣어도 아프지 않다며 지나치게 사랑하였다. 그렇게 자란 도령은 집 밖에 나가 방탕하게 놀곤 하였다.

하루는 그가 저잣거리를 지나가다가 한 아가씨를 보았다. 그녀는 얼굴이 매우 고운 여자였는데, 분을 팔고 있었다. 그녀와 친해질 길이 없자, 도령은 날마다 분을 사는 핑계로 그녀와 사귀려 하였다.

그런 지 벌써 여러 날이 되자, 그녀는 의심이 들었다. 이튿날 도령이 또 분을 사러 오자 그녀가 물었다.

"도련님께서는 이 분을 사다가 무엇에 쓰려고 하세요?"

그러자 도령은 속마음을 솔직하게 털어놓았다.

"아가씨를 본 뒤로 마음속에 잊을 수가 없었어요. 제 입으로 말씀을 드릴 수가 없어서 분을 산다는 핑계로 아가씨를 매일 만나보려 했던 것이었지요."

　도령의 말에 감동한 그녀는 즉시 만나자는 약속을 하였다.

　도령은 집으로 돌아가 그녀가 오기만을 기다렸다. 그녀는 과연 어두워진 뒤에 찾아왔다. 도령은 기쁨을 이기지 못하여 그녀의 팔을 잡고 말하였다.

　"평소에 원하던 바를 비로소 이루었네!"

하고 지나치게 즐거워하며 날뛰다가 그만 죽고 말았다. 그녀는 두렵고 어찌할 줄을 몰라 제 집으로 달아났다.

　이튿날 도령의 부모는 아들이 늦도록 일어나지 않는 것을 괴이하게 여겨 방으로 들어가 보았다. 아들은 이미 숨이 끊어진 뒤였다.

　염을 할 때 아들이 쓰던 상자를 열어보니 분을 싼 봉지가 백여 개가 넘었다. 크기도 한결같았다. 그의 어머니는,

　"내 아들은 틀림없이 이 분 때문에 죽었을 것이다."

하고 저잣거리에 들어가 분 파는 곳을 두루 살펴보았다. 한 곳에서 예쁘게 생긴 아가씨가 분을 팔고 있었다. 아들이 그녀에게서 수많은 분을 사들였을 것 같은 생각이 든 도령의 어머니가 그녀를 붙잡고 다그쳐 물었다.

"어째서 내 아들을 죽였느냐?"

그녀는 목이 메어 자초지종을 다 말하였다. 그러나 그의 부모는 그녀의 말을 믿지 않고 잡아다 관가에 고발하였다. 그녀가,

"죽는 건 두렵지 않습니다. 시신 앞에 가서 한번 마음껏 울게나 해주세요."

하니, 관리가 허락하였다.

그녀는 바로 그의 집에 가서 시신을 어루만지며 통곡하다가 말하였다.

"불행하여 이 지경에 이르렀군요. 만일 죽어서도 제 말을 알아들을 수 있다면 다시 무슨 원망을 하겠어요?"

그러자 죽었던 도령이 홀연 다시 깨어나 자신의 속마음을 다 말하였다. 두 사람은 부부가 되었고, 자손이 번성하였다.

처녀만 잡아먹는 뱀

옛날 월나라의 민중이라는 땅에 용령이라는 수십 길 높이의 고개가 있었다. 그 아래의 굴에 큰 뱀이 있었는데, 길이가 예닐곱 발이나 되고, 몸통의 굵기가 한 아름이나 되었다.

그곳의 백성들은 모두들 그 뱀을 두려워하였고, 근처 고을 원님들도 그 뱀에게 죽은 이가 많았다. 소와 양을 희생으로 제사를 지내도 효험이 없었다. 어떤 때는 마을 사람의 꿈에 나타나 이르기도 하고, 어떤 때는 무당에게 지피기도 하였는데, '나이가 20여 세 된 계집아이를 먹고자 한다.'고 하였다.

그 고을 관원들은 몹시 근심하여, 종의 자식이나 죄 지은 사람의 딸을 얻어 매양 8월이면 뱀이 사는 굴 근처에 가서 제사를 지낸 뒤 처녀를 두고 왔다. 그러면 밤에 뱀이 나와 물어갔다. 이렇게 여러 해가 되어 벌써 처녀 아홉이 희생되었다.

한 해에는 제사를 지낼 때가 다다랐으나 희생으로 쓸 처녀가 없었다. 처녀를 살려고 하여도 얻을 수가 없었다.

장락 고을에 사는 이탄이라는 사람은 딸만 여섯을 낳았고, 아들이 없었다. 그의 가장 나이 어린 딸의 이름은 이기였는데, 자신의 몸을 팔아 희생이 되고자 하였다. 부모가 듣지 않자, 그녀가 말하였다.

"부모님은 만류하지 마세요. 지금 딸만 여섯을 낳으셨고, 아들은 하나도 없으시니, 저는 비록 있든 없든 다를 게 없습니다. 저는 옛날의 효녀 제영이 부모님을 살린 것과 같은 공도 없고, 또 부모님을 봉양할 수 없을 뿐만 아니라 그저 입고 먹는 것을 허비할 뿐이니 살아도 유익함이 없어요. 차라리 제 몸을 팔아 일찍 죽으면 돈을 얻을 수 있을 것이고, 그 돈으로 부모님을 봉양할 수 있으니, 어찌 옳은 일이 아니겠어요?"

그녀의 부모는 그 말을 차마 들을 수 없었으나, 그렇다고 끝내 말리지도 못하였다.

마침내 그녀가 희생이 되어 집을 떠나게 되었다. 그녀는 좋은 칼을 달라고 하여 품속에 차고, 뱀을 물 수 있는 개를 얻어서 떠났다.

8월, 제사 지내는 날이 다다랐으므로, 그녀는 뱀이 나타나는 굴 밖의 사당 안에 들어가 앉아서 기다리기로 하였다. 그녀는 미리 쌀을 두어 섬 가량 찧어 가루를 만든 뒤 꿀에 버무려 뱀 굴 근처에 쏟아 두었다.

밤이 되자 뱀이 나타났는데, 머리 크기는 물 항아리만 하고, 눈은 두 자나 되는 것이 거울처럼 번쩍였다. 뱀은 굴에서 나오다가 쌀과

꿀 냄새를 맡더니, 먼저 꿀에 버무린 쌀가루를 먹기 시작하였다.

뱀의 배가 불러 날래지 못할 듯싶을 때, 이기는 데리고 간 개를 풀어놓았다. 개가 뱀 앞으로 뛰어들자, 그녀는 칼을 꺼내들고 뱀의 뒤로 가서 쳤다. 그 바람에 뱀은 뜰 밖으로 뛰어나가 죽었다.

그녀는 뱀이 사는 굴 안으로 들어가 아홉 처녀의 유골을 가지고 나왔다. 이튿날 그녀가 집으로 돌아오니, 그녀의 부모는 귀신이 온 것으로 여겼다.

그 소문을 들은 월왕은 폐백을 갖추어 그녀를 왕후로 삼고, 그녀의 아버지는 장락 고을의 원님을 삼았으며, 그녀의 어머니와 형제들에게 모두 상을 내렸다.

그 뒤로 민중 땅에 다시는 요사스러운 기운이 없어졌다.

풍류남아 두목지

당나라 때 중서사인 벼슬을 한 두목지는 젊은 시절 빼어난 글재주가 있어서 붓을 들면 글이 이루어졌다. 약관의 나이 20세에 과거에 급제하여 진사가 되었다. 성품이 소탈하면서도 방탕하여 비록 스스로 단속하고자 하였으나 금할 수가 없었다.

승상인 우승유가 양주에 출진하였을 때 두목지를 종사관으로 삼았다. 그곳에서 두목지는 공무를 마친 후면 잔치와 놀이로 일을 삼았다. 양주는 번화한 땅이었으므로, 저녁이면 기녀들이 시중을 드는 술집 위에 붉은 등불이 수천 개나 내달렸다. 그 빛이 밤하늘을 환하게 밝혔다. 길거리를 구슬과 비취로 꾸몄고, 비단옷을 입은 사람들이 거리를 가득 메우고 다니니, 마치 신선세계와도 같았다.

두목지는 매양 그 길거리를 따라 다니며 놀지 않는 날이 없었다. 우승유는 행여나 그가 상할까 걱정이 되어, 무사 30명을 차출하여 옷을 갈아입혀 변장을 시키고 그의 뒤를 따라다니며 남모르게 모시도록 하였다.

두목지는 그러한 사실도 알지 못한 채 스스로 계교를 얻어서 남이 알 리 없을 것이라고 생각하며, 으슥한 기생집이 있으면 그곳에서 자기도 하였다.

그렇게 두어 해 가량을 지내다가 시어사라는 벼슬을 받아 당시의 서울인 장안으로 가게 되었다. 우승유는 그를 전송하며 경계하는 말을 하였다.

"자네의 기개와 절조를 보면, 자연 편안한 길로 승진할 걸세. 허나 풍류를 끊지 못하여 몸이 상할까 걱정이네."

그러자 두목지가 대답하였다.

"제가 스스로 몸을 조심하고 있으니, 승상께 염려를 끼치지 않을 것이옵니다."

우승유가 웃으며 시녀에게 문서 담아 두는 조그만 그릇 하나를 가져오라고 하였다. 두목지가 보는 앞에서 그 그릇을 열어보니, 모두 두목지를 따라다니던 무사가 비밀리에 보고한 글이었다. 그곳에 이르기를, '아무 날 밤에는 두 종사관이 아무개의 집에 가서 지내되 편안하였고, 아무 날 밤에는 아무개의 집에 가서 잔치에 참여하였는데 편안하였습니다.' 하였다. 두목지가 크게 부끄러워 눈물을 흘리며 사례하여 말하였다.

"이 몸이 다하도록 이 감격을 잊지 아니하겠습니다."

그 뒤, 우승유가 죽자, 두목지는 그의 묘지명을 지었는데, 극도로 칭찬하였다.

시어사로 있던 두목지는 다시 강서성의 선주라는 고을의 막부에 가서 종사관이 되었다. 이르는 곳마다 문득 놀러 다녔으나 마침내 뜻이 맞는 이가 없었다.

그는 호주 땅이 풍광이 좋고 또한 아름다운 여자들이 많다는 말을 듣고, 그곳으로 옮겨갔다. 호주 자사는 두목지와 본디 절친한 사이여서, 두목지의 뜻을 알고 매양 두루 다니며 잔치를 벌이고 놀았다. 경내의 기녀들을 다 불러 모으니, 두목지가 눈길을 주어 살펴보다가 말하였다.

"곱기는 고운데 다 다르게 생겼구려. 원컨대 앞 못에 배를 띄워 뱃놀이를 베풀고, 호주 경내 사람들로 하여금 구경을 하게 해주시오. 그러면 내가 그 사이로 다니면서 눈에 맞는 사람을 얻으려오."

자사는 매우 기뻐하며 그의 말대로 해주었다. 그날 양쪽 언덕에 구경을 하는 사람이 구름이 모이듯 하였다.

날이 저물도록 두목지는 마음에 드는 기녀를 얻지 못하였다. 장차 놀이를 마치려고 배를 강가에 댔다. 강가에 서 있던 사람들 가운데 마을의 늙은 할미가 머리를 땋은 계집아이를 데리고 서 있었다. 나이가 10여 세 가량 되어 보였다. 두목지가 한참 쳐다보다가 말하였다.

"이 아이가 참으로 절색이로군!"

하고는 그 할미에게 말하여 배로 불러들였다. 그 할미와 딸이 두려워하므로, 두목지가 다시 말하였다.

"즉시 데려가진 않을 것이네. 마땅히 훗날의 기약을 정하기로 하지."

그 할미가 물었다.

"행여나 약속을 어기시면 마땅히 어찌해야 합니까?"

"내가 10년이면 이 땅의 자사가 되어 올 것이니, 10년 만에 오지 못하거든 자네 마음대로 혼인을 시키게."

그 말을 듣고 할미가 허락하자, 중한 예물로 기약을 삼고 이별하였다.

두목지는 조정에 돌아가 매양 호주를 생각하다가 이윽고 황주 자사로 나가게 되었다. 지주 자사로 갈려 갔다가 또 목주로 옮겼으나, 다 뜻하던 것이 아니었다.

두목지는 본디 주지라는 사람과 절친하였는데, 그가 정승이 되자 그에게 청하였다.

"제게 두통이 있으니 강남 지방에 가서 병을 고칠 수 있게 해주십시오."

그는 849년에 비로소 호주 자사가 되어 고을에 이르렀다. 그곳의 늙은 할미와 약속한 지 벌써 14년이 흐른 뒤였다. 그 계집아이는 이미 다른 사람에게 혼인한 지 3년째였고, 자식도 셋이나 낳은 뒤였다. 두목지가 도임한 뒤 즉시 그녀를 부르니, 그녀의 어미인 할미가 빼앗길까 두려워 아이들까지 데리고 함께 들어갔다. 두목지가 할미를 꾸짖었다.

"전에 이미 내게 허락해 놓고 어째서 어겼느냐?"

"전에 10년으로 기약하셨지요. 10년이 지나거든 시집을 보내도 좋다고 하셔서, 혼인한 지 벌써 3년째입니다."

　　두목지는 그 당시 써 주었던 글을 받아 보고 오래 생각하다가
말하였다.

　　"그 말이 맞으니 빼앗는 건 옳지 않겠지."
하고는 선물을 많이 주어 보냈다. 그리고는 시 한 수를 읊조렸다.

　　　　　스스로 봄 찾으러 가기를
　　　　　더디게 하였으니
　　　　　모름지기
　　　　　서러워하며 꽃다운 시절을 원망하지 말지라.
　　　　　미친바람이
　　　　　짙게 붉은 꽃을 다 떨어뜨렸는데
　　　　　푸른 잎이 그늘을 이루고
　　　　　열매가 가지에 가득 달렸도다.

무덤에서 자고 나온 풍 할머니

풍 할머니는 가난하고 자식이 없어 길에서 빌어먹으며 다녔다. 목독이라는 들판에 갔을 때 날이 저물고 비가 많이 왔다. 비를 피해 뽕나무 아래 앉아 있다가 보니, 길가에 등불이 켜진 집 한 채가 있었다.

풍 할머니는 그 집을 찾아가 하룻밤 재워 달라고 청하였다. 그 집에는 나이가 20여 세 가량 된 여자가 세 살 정도 된 듯한 아이를 안고 문에 기대 슬피 울고 있었다. 그녀의 얼굴 모습과 차려입은 의복은 매우 고왔다.

걸상에는 늙은 남녀가 걸터앉아 있었는데, 얼굴에는 노한 빛을 띠었고 말투에도 감정이 배어 나왔다. 아마도 재물을 빼앗아 가려는 듯하였다. 그들은 풍 할머니가 들어오는 것을 보더니 소리 지르던 것을 그치고 나가 버렸다.

젊은 여자는 오랜 뒤에야 울음을 그치고 집안에 들어가 음식을 장만하여 풍 할머니를 대접하였다. 풍 할머니가 까닭을 물으니 그녀는 다시 울음을 터뜨리며 말하였다.

"이 아이의 아버지는 제 남편인데, 내일 다른 곳으로 장가를 든답니다."

"아까 그 두 늙은이는 누구유? 여기에 와서 뭘 내놓으라고 그렇게 화난 얼굴을 하고 있었수?"

"제 시부모님이에요. 이제 아들이 다른 곳으로 장가를 든다고, 저한테 여러 가지 그릇과 쓰던 자, 칼, 체, 제기 등을 빼앗아다가 새 며느리에게 주려는 것이었지요. 제가 차마 주지 못하겠다고 하니, 그 때문에 저를 꾸짖은 것이었어요."

"댁의 남편은 어디 있수?"

"저는 회음의 원님을 지내신 양천이라는 어른의 딸이랍니다. 동씨에게 시집가서 7년 사이에 두 아들과 딸 하나를 낳았지요. 두 아들은 모두 제 애비를 따라가고 딸만 여기 있답니다. 지금 요 앞 고을에 사는 동강이라는 사람이 제 남편이죠."

말을 마친 그녀는 슬픔을 이길 수 없는 듯 새벽이 되도록 앉아 우는 것이었다.

풍 할머니는 음식을 얻어먹고 배를 채우자 피곤이 몰려와 혼자 자다가 새벽에 하직하고 그 집을 나왔다.

20리가량 떨어진 동성이라는 곳에 이르니, 고을 동쪽에 대갓집이 한 채 덩그러니 서 있었다. 차일과 휘장을 거창하게 치고, 많은 사람

들이 모여 북적이고 있었다. 그곳에 가서 물어보니 과연 동강의 집이었다. 그 날은 마침 동강이 새 장가가는 날이었다. 풍 할머니가 그곳에 있는 사람에게 물었다.

"동강이라는 사람은 아내를 두고 어째서 또 장가를 간단 말이오?"

"동강의 아내와 딸은 벌써 죽었다오."

풍 할머니가 밤에 양씨의 집에서 자고 온 일을 자세히 말하고 그 집이 있는 곳을 가리키니, 그것은 양씨의 무덤이라는 것이었다. 또 그 집에서 본 두 늙은이의 얼굴 생김새를 설명하였더니, 동강의 죽은 부모라는 것이었다. 사람들은 그 이야기를 듣고 모두들 죽은 양씨를 불쌍히 여겼다.

죽은 공주와 혼인한 최 서생

　박릉에 사는 최 서생이 장안으로 가는 중이었다. 청명절을 맞아 농장이 있는 위남으로 돌아가다가 소응이라는 곳에 이르러 넓은 들판에서 날이 저물고 말았다.

　길가에서 말을 쉬게 하고 있는데, 단장을 곱게 하고 빛나는 옷을 입은 한 여인이 수풀 속에서 나왔다. 소나무와 잣나무가 우거진 숲 속에서 길을 잃은 듯하였다.

　최 서생은 천천히 걸으면서 일부러 그녀 가까이로 다가갔다. 그녀는 소매로 낯을 가리고 있었는데, 걸음을 잘 걷지 못하여 넘어질 듯하였다.

　최 서생이 어린 종더러 앞으로 나아가서 그녀를 살펴보라고 하였다. 그녀를 보고 온 어린 종은 그녀의 나이가 16세가량 되어 보이는 절대가인이라고 하였다. 최 서생은 어린 종을 시켜 그녀에게 물었다.

"날이 저물었는데 어찌하여 혼자 황량한 곳에 와서 외롭게 다니십니까?"

그러나 그녀는 대답이 없었다. 최 서생은 말 한 필을 보내 그녀가 타도록 해주었다. 그리고는 그녀의 뒤를 천천히 따라가며 어느 곳으로 가는가를 보려고 하였다.

그녀는 말에 올라 종에게 견마를 잡히고는 2, 3백 보가량 나아갔다. 그때 문득 서너 명의 여자들이 숨을 가쁘게 몰아쉬며 달려와서는 그녀에게 물었다.

"어디서 오시는 길이에요? 두어 군데나 찾아 다녔는데 찾을 수가 없었어요."

하고는 그녀가 탄 말을 옹위하여 열 걸음가량 걸어갔다. 그곳에는 푸른 옷차림을 한 여인이 머물러 서서 최 서생이 다가오기를 기다려 절하고 사례를 하는 것이었다.

"낭군께서 우리 작은아씨의 길 잃으신 것을 가엾이 여겨 타고 계시던 말을 보내 곤경에서 구해주셨군요. 오늘 날이 벌써 저물었습니다. 낭군께 저희 장원으로 가시길 청합니다."

최 서생이 물었다.

"작은아씨께선 어찌하여 홀로 이곳에 오셔서 방황하신 것인가?"

"술을 많이 잡수시고 취기를 이기지 못하여 여기까지 이르신 듯합니다."

말을 마친 푸른 옷차림의 여인은 앞장을 서서 북쪽으로 1, 2리가량 가다가 한 숲속으로 들어갔다. 그곳에는 복사꽃과 자두 꽃이 활짝 편 대갓집이 있었다.

푸른 옷차림을 한 여인 예닐곱이 나와 그녀를 맞아 들어가더니, 이윽고 그 중의 한 여인이 안주인의 말을 전하였다.

"조카가 술에 취해 잠깐 자리를 피하려고 나왔다가 길을 잃었나 보군요. 낭군께서 가엽게 여기시어 말에 태워 주셨기에 무사히 돌아왔네요. 그렇지 않았으면 저문 날 사나운 짐승이나 요망한 여우라도 만났으면 어쩔 뻔했어요. 온 집안사람들이 낭군께 감격하고 있습니다. 잠깐 쉬고 계시면 받들어 모시겠습니다."

다른 여인 두어 명이 다시 나와 마치 친척에게 대하듯 문안을 하더니, 이윽고 안으로 들어오라는 것이었다.

대청으로 들어가니, 안주인이 기다리고 있었다. 얼굴은 아담하고 태도는 단정하였다. 나직한 목소리로 술과 음식을 권하다가 최 서생을 향해 말하였다.

"나는 성씨를 왕이라고 해요. 봐서 아시겠지만, 우리 조카는 인물이 곱고 아름다워 이 세상에서 대적할 만한 미인을 찾기가 어렵지요. 군자의 배필로 삼고자 하는데 어찌 생각하시는지?"

최 서생은 성품이 호탕한 사람이었다. 취기를 빌어 일어나 허리를 굽히며 사례하였다. 그러자 왕씨는 조카를 나오라고 불렀다. 자세히 바라본 그녀의 태도는 실로 선녀의 모습이었다.

사흘을 그 집에서 머물며 잔치를 하였다. 신혼 부부 사이에 즐기는 정도 매우 흡족하였다.

왕씨는 조카를 옥이라고 불렀다. 옥이는 최 서생과 더불어 두 개의 주사위로 쌍륙놀이를 하였다. 그녀는 최 서생이 가지고 있던 연지 넣은 합을 사랑하여, 그녀가 지면 옥가락지를 내고 최 서생이 지면 연지 넣은 합을 빼앗겼다.

최생이 전에 장안에 가서 합 예닐곱 개를 사왔는데, 쌍륙에 져서 반이나 옥이에게 빼앗겼다. 옥이도 최 서생에게 옥가락지 둘을 빼앗겼다.

어느 날 문득 온 집안이 놀라 말하기를,

"도적이 들어온다!"

하자, 그녀는 최 서생을 뒷문으로 밀쳐 내보내는 것이었다. 최 서생은 문을 나서며 아내를 보지 못하였다. 다만 뒷문을 벗어나서야 뒷문이 아니라 구멍 속에서 빠져 나온 것임을 알았다.

최 서생 자신 이외에는 아무 것도 없었다. 주변을 둘러보니 다만 팥꽃이 반쯤 떨어졌고, 솔숲에서 불어오는 바람이 저물어서야 맑아졌다.

풀잎에 맺혀 있던 이슬에 옷은 젖어 있었으나 그녀와 내기해서 얻은 옥가락지는 여전히 옷고름에 매여 있었다.

처음 그녀를 만났던 길을 찾아 가노라니, 최 서생 집의 종들이 삽과 괭이를 가지고 한 무덤을 파고 있었다. 거의 관이 드러날 즈음에 지석이 나왔는데, 그 기록을 보니 이러하였다.

'후주 조왕의 딸 옥이의 분묘다. 평생에 왕씨가 조카를 가엾이 여겼는데, 그 조카가 먼저 죽었다. 후에 조카와 더불어 합장하도록 하였다.'

　관이 상하지 않았으므로 위의 뚜껑을 열어 보니 속에 합 하나가
들어 있었다. 합 안에는 옥가락지 예닐곱 개가 들어 있었는데, 최
서생이 얻은 것과 다름이 없었다.

　또 합 안에는 연지를 넣은 합 두어 개가 들어 있었다. 최 서생이
내기에 져서 그녀에게 빼앗긴 것이었다.

　최 서생이 종들에게 무덤을 판 연유를 묻자 이렇게 대답하는 것
이었다.

　"처음에 낭군께서 잣나무 사이로 들어가셨는데, 아무리 찾아도
찾을 수가 없었습니다. 그래서 이 구멍을 파보니 과연 그르지 않았
습니다."

　옥이가 최 서생에게 도적이 온다고 한 것은 그 종을 두고 이른
말이었던 것이다. 최 서생은 매우 감격스러워 급히 흙을 덮어 본래
대로 하였다.

이승에서 이루지 못한 최씨와 유생의 사랑

　화주 땅의 유 참군은 명가의 자제였다. 그는 벼슬을 그만두고 장안에 머물면서 한가롭게 놀고 있었다.

　그는 삼짇날 곡강 가에 갔다가 금색과 녹색으로 꾸민 한 대의 수레를 만났다. 얕은 물가에 멈춘 수레의 뒤쪽에 친 발이 들리더니 절세의 미녀가 옥 같은 손을 내밀어 연꽃을 꺾는 것이었다.

　그녀가 그를 오래도록 바라보므로 유생도 말을 몰아 수레를 따라갔다. 그 수레는 영숭리로 들어가는 것이었다. 그녀가 최씨의 집 딸이라는 것을 알아낸 유생은 근처에 사는 사람들에게 그녀에 관해 물어보았다. 최씨는 편모인 왕씨와 경홍이라는 종과 함께 살고 있었다. 유생은 집안이 넉넉하였으므로 많은 재물을 내어 경홍에게 주었으나, 경홍은 끝내 받지 않았다.

　그 뒤, 최씨의 외삼촌인 금오장군 왕인이 그 누이인 왕씨를 보러 왔다가 자신의 아들을 내세워 최씨에게 청혼을 하였다. 왕씨는 오라비의 명을 어길 수 없어서 허락하고 말았다. 그러자 최씨가 말하였다.

"저는 전에 곡강에서 본 유생과 혼인을 하고자 원합니다. 제 소원을 이루지 못한다면 비록 왕생에게 시집을 간다 할지라도 왕생과 더불어 해로를 하지 못할 것입니다."

왕씨는 자신의 딸을 매우 사랑하였다. 그녀는 경홍에게 천복사라는 절에 가서 유생에게 최씨의 소원을 전하라고 명하였다. 천복사로 유생을 찾아간 경홍이 말하였다.

"부인께서는 아가씨를 매우 사랑하신답니다. 지금 아가씨는 왕씨 집안으로 시집가는 것을 즐기지 않습니다. 그래서 도련님과 남몰래 혼인을 이루려 하시지요. 사나흘 안에 혼례를 치러야 될 것입니다."

유생은 몹시 기꺼워하며 기약한 날 혼례를 치렀다. 닷새 뒤에 유생은 최씨와 경홍을 데리고 금성리라는 마을에 가서 신혼살림을 차렸다.

한 달 뒤에 왕인이 영숭리에 찾아오자, 왕씨가 어렵게 여겨 거짓 우는 체하면서 말하였다.

"제 남편이 일찍 세상을 떠나 아이들이 외롭고 불쌍하거늘, 조카가 예로 대하지 않고 제 딸을 우격다짐으로 도적질하여 갔답니다. 오라버니께서는 어떻게 자식을 이렇게 가르치셨나요?"

그 말을 들은 왕인은 대로하여 돌아가 아들에게 매질을 하였다. 그리고는 비밀리에 최씨가 간 곳을 탐지하여 잡으라고 하였으나, 한 해가 다 가도 찾지 못하였다.

오래지 않아 왕씨가 죽자, 유생이 아내 최씨와 경홍을 데리고 처가에 가서 장사를 지냈다. 왕인의 아들인 왕생이 그들을 보고 즉시 제 아버지에게 알렸다. 왕인이 유생을 잡아들이자, 유생이 말하였다.

"내가 처가에 폐백을 드리고 아내를 취하였으니, 예를 벗어나 사사롭게 딸을 달라고 한 것이 아니오."

그러나 왕씨가 이미 죽었으므로 증명할 길이 없어 관가에 가서 송사를 하니, 관원이 이렇게 판결을 내렸다.

"왕인의 집안에서 먼저 폐백을 보냈으니 왕씨 집으로 시집감이 마땅하다."

하고, 최씨를 왕인의 집으로 보냈다.

왕생은 여전히 최씨를 좋게 여겨, 그녀가 유생에게 시집갔던 것을 원망하지 않고 두어 해를 함께 살았다.

왕인이 죽자, 왕생은 숭의리라는 곳으로 집을 옮겼다. 최씨는 왕생 섬기는 것을 기꺼워하지 않아, 몰래 경홍을 보내 유생이 있는 곳을 수소문하게 하였다. 그 결과 유생은 여전히 금성리에 있다는 것을 확인하였다.

최씨는 경홍을 보내 유생과 만날 약속을 하게 하고, 경홍과 더불어 몰래 담을 넘어 집을 나섰다. 유생은 뜻밖에 최씨를 만나 놀라는 한편 기뻐하며 함께 군현리라는 마을로 옮겨가 살았다.

뒤에 왕생은 최씨가 간 곳을 끝까지 찾아내 다시 송사를 해서 최씨를 빼앗았다. 왕생은 최씨에게 정이 깊었으므로, 최씨가 아이를 가졌다고 거짓 관가에 고하여 죄를 면하게 해주고, 유생은 강릉으로 귀양을 가도록 하였다.

　최씨는 왕생에게 간 이태 만에 경홍의 뒤를 이어 죽었다. 왕생은 애통한 마음으로 장례를 치르고, 경홍을 최씨의 묘소 옆에 함께 묻어 주었다.

　유생은 강릉에서 한가히 지내다가 2월이 되어 꽃이 뜰에 가득 피어나자 문득 최씨 생각이 났다. 그녀의 모습이 눈앞에 어른거렸으나 생사를 알 수 없어 마음을 졸이고 있을 때였다.

　문득 급히 문을 두드리는 소리가 들리는 것이었다. 문을 열자 경홍이 화장품 그릇을 들고 들어오는데, 그 뒤를 최씨가 따라 오고 있었다.

　유생은 최씨를 보고 서로 헤어질 때의 이야기를 하며 슬픔과 기쁨을 이기지 못하였다. 그가 최씨에게 나오게 된 연고를 묻자, 최씨가 말하였다.

　"제가 이미 왕생과 결별하였으니 이제부터는 해로를 할 수 있을 것입니다. 사람이 살아가면서 뜻을 세워 전념하면 반드시 소원을 이루게 되지요."

하고 말을 이었다.

　"제가 어려서부터 공후 연주하는 것을 익혀 제법 솜씨가 있답니다."

　유생은 그 말을 듣고 즉시 공후를 사다 그녀에게 주었다. 그녀의 공후 연주 솜씨는 절묘하여 따라올 사람이 없었다.

　그렇게 두어 해 가량을 함께 살던 어느 날이었다. 왕생이 부리던

종이 유생의 집 문밖을 지나가다가 경홍을 보고 깜짝 놀랐다. 혹시 닮은 사람인가 하여 마을 사람들에게 물어보니, 귀양 온 사람인 유 참군의 집이라고 하는 것이었다. 더욱 괴이한 생각이 들어 다시 가서 엿보았다.

경홍도 그가 왕생의 종이라는 것을 알고 유생에게 알린 뒤 숨어서 모습을 드러내지 않았다. 그 종은 장안으로 돌아가 왕생에게 그 사실을 알렸다.

왕생은 즉시 길을 떠나 강릉에 이르러 유생의 집 문틈에 서서 엿보았다. 유생은 배를 드러낸 채 침상 위에 누워 있었고, 최씨는 새로 단장을 하고 있었다. 경홍은 그녀의 곁에서 거울을 받들고 있었다.

최씨가 연지를 고르다가 미처 고르기도 전에 왕생이 문밖에서 소리를 질러 경홍을 불렀다. 경홍이 깜짝 놀라 거울을 놓아 버리자,

거울은 땅에 떨어져 쨍그랑! 소리를 내며 깨지고 말았다.

왕생이 즉시 들이닥치니, 유생은 놀라 손님의 예로 정성을 다해 대접하였다. 그러나 최씨는 간 곳이 없었다.

유생은 왕생에게 조용히 그 간의 일을 이야기하였다. 몹시 괴이하게 여긴 두 사람은 함께 장안으로 가서 최씨의 무덤을 열어 보았다.

최씨는 강릉에서 발랐던 연지가 갓 바른 듯하였고, 의복과 피부가 조금도 상한 데가 없었다. 경흥도 또한 그러하였다.

유생은 왕생과 더불어 다시금 장사를 지낸 뒤, 함께 종남산에 들어가 도를 구하고 마침내 돌아오지 않았다.

여양의 나그네

　당나라 현종 초기에 한 선비가 황하의 북쪽 지방으로 다니다가 여양에 이르러 앞길이 많이 남았는데 날이 저물고 말았다. 길가에 큰 집이 있으므로 묵어가려고 문을 두드렸다. 오래 지나서야 그 집 하인이 나왔다. 선비가 물었다.

　"날이 저물고 앞길이 멀어 미처 가지 못하게 되었구려. 바깥채에서 잠깐 머물다 갈 수 있겠소?"
하니, 하인이 대답하였다.

　"안에 들어가 말씀드려 보지요."

　이윽고 신발 끄는 소리가 나더니 집안의 어른으로 보이는 귀티나게 생긴 사람이 의관을 차려입고 나와 손님을 맞아 예를 갖추고 말하였다.

　"오시는 길에 고생이 많으셨지요? 피폐한 집이라 족히 귀하신 손님을 머무시게 할 수 있을는지 모르겠습니다."

하고는 함께 사랑채에 올라 품격 있는 이야기를 나누었는데, 남북조시대 말기의 일을 마치 눈으로 본 듯 이야기하는 것이었다. 그의 이름을 물으니 대답하기를,

"저는 영천 땅의 순계화라고 합니다. 선조께서 이 땅의 벼슬을 하셨으므로 여기에 와서 살게 되었지요."

하고 술과 안주를 장만하여 내왔다. 음식이 다 정결하긴 하였으나 그다지 구미가 당기는 맛은 아니었다.

한참 뒤에 방 안에 침상을 갖추고는 그 선비에게 들어가 쉬라고 하였다. 계집종 하나를 내보내어 손님을 모시고 자게 하였다. 그 선비가 계집종을 가까이 하고 묻기를,

"주인이 무슨 벼슬을 하였느냐?"

하니 계집종이 대답하였다.

"지금 하공의 주부 벼슬을 하고 계십니다만, 남에게 말하지는 마세요."

한참 뒤에 밖에서 부르짖으며 앓는 소리가 들려왔다. 선비가 가만히 창틈으로 엿보니, 등촉이 벌여 세워진 가운데 주인이 상에 걸터앉아 있었다. 그 앞에 머리를 풀고 옷이 벗겨진 한 사람이 있었다. 주위에 있는 사람들이 온갖 새들을 불러 그 사람의 눈을 쪼게 하였다. 그 눈에서 흐르는 피가 땅을 흥건히 적시고 있었다. 주인이 몹시 노한 목소리로 말하였다.

"또다시 감히 내게 와서 무례하게 굴겠느냐?"

선비가 계집종에게 물었다.

"저게 누구냐?"

"어찌 남의 집 일을 구태여 아시려고 하십니까?"

선비가 여러 차례 묻자 계집종이 말하였다.

"저 사람은 여양 현령입니다. 사냥하기를 즐겨 짐승을 따라 우리 집 담 안을 범하였기에 죄를 주는 것입니다."

이튿날 아침에 그 집을 나와 돌아보니 큰 무덤이었다. 길에 내려가 사람들에게 물으니,

"순 사군의 묘랍니다."

하는 것이었다.

그 선비가 여양현에 이르니 현령이 과연 안질이 중하여 만날 수 없다는 것이었다. 선비가,

"내가 그 눈병을 능히 고칠 수 있습니다."

하니, 여양 현령이 기뻐 즉시 불러들였다. 선비가 밤에 본 사실을

다 말하자, 현령이 말하였다.

"진실로 그런 일이 있었소."

하고 가만히 하인에게 분부하여 섶 수만 단을 장만하여 그 무덤가에 쌓고 불을 질러 다 태운 뒤 무덤을 무너뜨려 버리니, 눈병이 즉시 낫는 것이었다.

현령은 그 선비에게 사례하였으나 무덤을 불태워 무너뜨린 일에 대해서는 말해주지 않았다.

후에 그 선비가 돌아가는 길에 다시 그곳에 이르렀다. 한 사람이 머리와 얼굴이 다 불에 탄 채 헌옷을 입고 수풀 속에 쭈그려 앉았다가 선비를 보고 바로 나오는 것이었다. 선비는 그가 누구인지 알수 없었는데, 그가 나와 말하였다.

"그대는 전에 여기 와 자던 일이 생각나시오?"

선비가 깜짝 놀라 말하였다.

"어쩌다가 이리 되었소?"

"여양 현령에게 고초를 당했으나 또한 그대의 본뜻이 아니라는 것을 아오. 내 스스로의 운이 궁해서지요."

선비는 몹시 부끄러운 생각이 드는 한편 여양 현령에게 말해준 사실이 후회되었다. 순 사군의 혼령에게 술을 얻어 먹이고 입던 옷을 벗어 불에 태워 주니, 혼령은 매우 기뻐하며 그것을 받아가지고서 사라졌다.

연꽃 속의 세 미녀

당나라 중엽에 고욱이라는 처사가 낚시를 업으로 삼고 있었다. 하루는 소담이라는 못가에 배를 정박하고 낚시를 하였는데, 삼경이 되었으나 잠들지 않고 있었다.

연못 위에 큰 연꽃 세 송이가 피어 꽃다운 향내가 자못 기이하였다. 곱게 생긴 미인 셋이 각각 연꽃 위에 앉아서 말하였다.

"오늘 저녁에 물결이 맑고 달이 밝으니, 참으로 그윽한 정을 열 만하구나."

그 중 한 미인이 말하였다.

"곁에 작은 배가 있는데, 우리의 말을 듣지 않을까?"

또 한 미인이 말하였다.

"비록 있다고 해도 고결한 선비가 아닌데 어떻겠어?"

또 서로 말하였다.

"우리 각기 좋아하는 것을 말해보자."

한 사람이 말하기를,

"나는 성품이 불법을 좋게 여긴단다."

하자, 또 한 사람이,

"나는 도를 좋게 여기지."

또 한 사람은,

"나는 선비를 좋게 여겨요."

하고 서로 의논하다가 유불선 3교에 관한 이야기가 매우 정밀한 지경에 이르렀다.

한 사람이 화제를 돌렸다.

"나는 어젯밤에 상서롭지 못한 꿈을 꾸었지 뭐냐."

하니, 나머지 두 사람이 물었다.

"무슨 꿈이었는데?"

"꿈에 자손들이 창황히 집을 옮겨 남들에게 따돌림을 당하고 온 가족이 뿔뿔이 흩어져 보이니, 아주 상서롭지 못한 징조 같아."

그 말을 듣고, 두 미인이 말하였다.

"노니는 넋이라 우연히 그런 것이니 믿을 만한 게 못 되지."

하고는 셋이 또 말하였다.

"내일 아침에 우리가 각각 무엇을 얻어먹을까 점쳐 보자."

하다가 한참 만에 말하였다.

"각각 좋은 바를 좇을 것이니, 중과 도사와 선비로군. 슬프다! 우리가 마침 의논하는 바가 곧 미리 알리는 조짐이니, 반드시 화가 되지 않는다고는 할 수 없겠네."

말을 마친 뒤 간 곳이 없었다.

고욱은 그녀들의 말을 자세히 기록해 두었다.

이튿날 아침에 과연 승려 한 사람이 물을 건너다가 물 가운데 빠지는 것이었다. 고욱이 깜짝 놀라 중얼거렸다.

"어젯밤의 말이 그르지 않구나!"

잠시 후에 한 도사가 배를 대고 장차 건너려 하므로, 고욱이 말리니 도사가 화를 냈다.

"그대는 어찌 요망한 말을 하는가? 중이 죽은 것은 우연한 일일 뿐이야. 내가 아는 사람이 불러서 가는 것이니, 비록 죽는다 한들 어찌 신의를 잃겠는가?"

하고는 사공을 재촉하여 바삐 건너더니, 또 강 가운데 다다라 빠지고 말았다.

고욱이 불쌍히 여기고 있는데, 어떤 선비 한 사람이 책 보따리를 가지고 물을 건너고자 하였다. 고욱이 앞서 일어난 일을 이야기하고 간절히 말리자, 그 선비는 정색하고 말하였다.

"죽고 사는 것은 천명이오. 오늘 내 친척이 대상을 지내는데 예를 아니 차리지는 못하지요."

하고 배를 저어 가려 하였다. 고욱이 그 선비의 소매를 잡고 보내지 아니하니, 조금 뒤에 물 가운데서 비단 같은 기운이 날아올라 그 선비 몸을 두르는 듯하더니, 선비가 넘어져 물에 빠지고 말았다. 고욱이 중얼거렸다.

"다 명이니 어쩔 수가 없군."

　한참 뒤에 두 사람이 작은 배를 타고 오는 것이 보였다. 한 사람
은 늙은이고, 한 사람은 젊은이였다. 고욱이 다가가 인사를 나누고
이름을 묻자, 노옹이 대답하였다.

　"나는 기양산에 있었는데 장사에 가서 장법명을 찾으려 한다네."

　고욱이 보니 그 노옹은 높은 술법이 있다고 들었는지라 그 일을
자세히 말하였다. 노옹이 그의 말을 듣고 크게 노하여 말하였다.

　"어찌 감히 사람 해치기를 이렇듯이 한단 말인가?"

하고 붉은 붓을 꺼내 부적을 써서 물에 들이치니, 조금 뒤에 어린
계집아이가 큰 진주 셋을 가지고 물가로 나와 그 노옹에게 바치며
말하였다.

　"우리가 여기 오래도록 있었으니 어찌 애틋한 정이 없겠어요? 사
흘만 머물게 해주시면 동해로 옮겨 가겠습니다."

하니, 노옹은 진주를 받지 않고 화를 내며 말하였다.

"너는 다시 가서 말을 전해라. 내일 새벽에 이곳에서 옮겨가지 않으면 마땅히 도교의 신인 육정으로 하여금 너희들 소굴에 나아가 베도록 할 것이다."

그 계집아이가 물러간 뒤 한참 만에 들으니, 물 아래에서 여럿의 울음소리가 들렸다.

이튿날 새벽에 검은 기운이 연못 가운데서 일어나며 큰 바람이 물결을 불어 하늘에 닿았다. 길이가 두어 길씩이나 되는 큰 물고기 세 마리와 작은 물고기가 무수히 나왔는데, 작은 물고기들이 큰 물고기를 에워싸고 동쪽으로 나가는 것이었다.

그 뒤로는 소담에 사람이 빠져 죽는 일이 사라졌다.

서왕모의 딸과 인연을 맺은 최생

　당나라 초엽에 최생이라는 선비가 동주의 나곡 어귀에 살면서 꽃나무 심기를 좋아하였다. 늦봄이 되면 온갖 꽃들이 다투어 성하게 피어 기이한 향내가 멀리까지 퍼졌다.

　최생은 매양 아침마다 세수하고 머리를 빗은 뒤 꽃밭에 나갔다. 어느 날 문득 한 미인이 서쪽으로부터 말을 타고 오는 것이었다. 시녀 두엇이 푸른 옷을 입고 말 뒤를 따라 오고 있었다. 그 미인은 곱고 아름다움이 짝이 없을 정도였고, 타고 있는 말도 극히 좋은 것이었다. 최생이 미처 그녀를 자세히 보지도 못하였는데, 벌써 지나가 버리고 말았다.

　이튿날 또 그녀가 지나갔다. 최생은 꽃나무 아래 술과 차 등을 차려놓고 말 앞으로 나아가 인사를 한 뒤 말하였다.

　"제 성품이 화초를 좋아하여, 이 동산의 꽃은 모두 제가 손수 심은 것입니다. 이제 향기로운 꽃봉오리가 풍성하게 피어 진실로 볼

만합니다. 낭자께선 연일 이곳을 지나가시더군요. 모시는 사람과 말이 피로하겠습니다. 감히 술과 안주를 갖추어 잠깐 쉬시기를 바랍니다."

그러나 그 미인은 돌아보지도 않고 지나가는 것이었다. 뒤따라오던 푸른 옷의 시녀가 대신 대답을 하였다.

"다만 술과 음식만 갖추셔요. 어찌 오시지 않는다고 걱정을 하시나요?"

그러자 그 미인이 시녀를 돌아보며 꾸짖었다.

"어찌 가볍게 모르는 사람과 더불어 말을 하느냐?"

하고는 바삐 지나가고 말았다.

이튿날은 최생이 미리 나가 있다가 그녀가 오자 말 앞으로 다가가 인사를 하고 머물기를 간절히 청하였다. 푸른 옷의 시녀가 그녀에게 말하였다.

"말이 몹시 피로해 보이네요. 잠깐 쉬어 가는 것도 나쁘진 않겠어요."

하면서 손수 말고삐를 붙들고 그녀를 부축하여 내려놓았다. 그러고는 최생에게 말하였다.

"도련님이 아씨와 혼인을 하시고 싶으신 모양인데, 제가 중매를 설까요?"

최생이 매우 기뻐하며 허리를 굽실거리며 그렇게 해달라고 하였다. 시녀는,

"제가 나서면 일이 반드시 이루어질 것입니다. 돌아오는 15일이

나 16일이 길일이네요. 도련님은 그 때 혼례 준비를 하시고 술과 음식을 장만하여 여기서 기다리세요. 아씨의 언니 되시는 큰아씨께서 나곡 안에 계신데 조금 편찮으시지요. 그래서 날마다 아씨께서 문병을 다니시는 것이랍니다. 제가 마땅히 이러한 뜻을 아뢸 게요. 기약이 이르면 다 여기에 와 모이시겠지요."

라고 말하였다.

그 날이 되자, 최생은 꽃나무 아래 자리를 깔고 술과 음식을 갖춘 뒤 기다렸다. 잠시 후에 과연 그 미인과 그녀의 언니가 다 이르렀다. 그녀의 언니도 자질이 빼어나 곱고 아름다웠다. 그 날 그 미인을 최생에게 시집보내니, 두 사람의 정이 기쁘고 흡족하였다.

최생의 어머니는 아들이 혼인한 것을 알지 못하고 있었다. 최생은 노모를 속이고 혼인을 한 까닭에 노모에게 첩을 얻어 왔다고 하였다. 노모는 신부의 자색이 극히 고운 것을 보고 예사롭지 않게 여겼다. 또 어느 날 누군가가 신부에게 음식을 차려 보내 왔는데 받아 보니 기이한 맛과 이상한 향내가 진동하는 것이 인간세상의 음식 같지가 않았다.

얼마 후, 최생은 노모의 얼굴에 근심하는 빛이 가득하고 점점 여위어 가는 것을 보고 그 까닭을 물었다. 노모는,

"내가 다만 너 하나만을 두고 밤낮으로 편안히 보전함을 바랐었다. 이제 너와 더불어 온 신부의 고운 태도는 천하에 짝이 없을 정도로 세상사람 같지 않더라. 내가 가지고 있는 그림이나 흙으로 빚은 소상에서도 이런 얼굴을 보지 못하였으니, 틀림없이 사람으로 둔갑

한 여우라 생각되는구나. 너를 상하게나 하지 않을까 근심이 된다."

노모의 말을 듣고 최생이 제 방에 돌아가니, 아내가 눈물을 흘리며 말하였다.

"제가 서방님을 받들며 평생 살기를 바랐는데, 시어머님께서 저를 둔갑한 여우로 의심하시니 함께 살아갈 수가 없네요. 내일 이별을 해야 할까 봅니다."

최생도 또한 눈물을 흘릴 뿐 말을 못하였다.

이튿날 수레와 말이 이르니, 그녀가 한 필의 말에 오르고 다른 말 한 필을 최생에게 주며 타라고 하였다. 둘이 나곡으로 10리가량 들어가니 산 속에 시내가 한 줄기 흐르고, 시내 가운데는 기이한 꽃이 피어 있고 진기한 과일이 주렁주렁 매달려 있어, 이루 붓으로 형용할 수가 없었다. 누대와 궁궐이 화려하여 인간세상 같지 않았다.

푸른 옷을 입은 시녀들이 무수히 나와 맞이하며 말하였다.

"행실 없는 최생은 어찌하여 더불어 왔나요?"

하더니 그녀를 모시고 들어가고 최생은 문 밖에 기다리게 하였다. 한참 뒤에 한 시녀가 나와 그녀 언니의 말을 전하였다.

"최생의 모부인이 의심하여 두 사람의 인연은 이제 끝이 났군요. 서로 더 이상 볼 필요가 없겠지요. 그러나 내 동생이 일찍이 함께 살던 사람이니 잠깐 보고 보내려 하오."

그녀의 언니가 최생을 불러들여 두세 차례 꾸짖는데, 그 목소리가 맑고 아름다웠다. 최생은 다만 엎드려 사죄를 할 뿐이었다.

그러더니 최생을 대청에 앉히고는 밥을 먹인 후 주안상을 차려다가 잔치를 하니 온갖 풍류소리와 곡조가 기이하여 인간세상에서 듣던 소리가 아니었다.

언니가 그녀를 돌아보며 말하였다.

"이제 최 서방은 돌아가게 해라. 동생은 최 서방에게 무엇을 주어 보내려 하지?"

그녀가 소매 안에서 옥합을 하나 꺼내 최생에게 주며 이별을 고하였다. 서로 붙들고 오열하다가 최생은 차마 떨어지지 않는 발걸음으로 그곳을 떠났다.

문밖을 나와 나곡 어귀에 이르러 최생은 고개를 돌려 떠나온 곳을 바라보았다. 눈앞에는 수많은 바위와 골짜기가 가려 있을 뿐 지나온 길마저 사라져 보이지 않았다. 최생은 슬픔을 이길 수 없어서 통곡을 하며 집으로 돌아왔다.

매양 옥합을 꺼내 보며 시름을 풀지 못하고 있던 어느 날, 문득 서역에서 온 듯한 한 스님이 문밖에 와서 염불을 외며 양식 공양을 빌었다. 최생이 약간의 양식을 내다 주자, 그 스님이 말하였다.

　　"시주께선 지극한 보배를 가지고 계시는군요. 소승이 한번 구경할 수 있을까요?"

　　"난 가난한 선비인데 무슨 보배가 있다는 거요?"

　　"기이한 분이 시주께 준 것이 있지 않습니까? 소승이 그 기운을 따라 이곳까지 왔지요."

　　최생이 그 옥합을 말하는 것인가 보다 하고 꺼내 보여주니, 그 스님은 벌떡 일어나 백만금을 내놓고 사 가기를 청하는 것이었다. 최생이 묻기를,

　　"그 미인은 어떤 사람이오?"

하니, 그 스님이 말하였다.

　　"시주께서 혼인하였던 미인은 곤륜산에 사는 선녀인 서왕모의 셋째 따님이신 옥치낭자랍니다. 그 언니도 선계의 유명한 선녀시죠. 시주께서 그녀와 오래 함께 하시지 못한 것이 참으로 애석하구려. 그녀가 한 해만 시주 댁에 머물렀으면, 시주 댁의 모든 사람들이 영원히 죽지 않을 수 있었는데……"

태극선생을 따라 신선이 된 원철과 유실

당나라 헌종 시절에 원철과 유실이라는 사람이 남악인 형산에서 살았다. 두 사람은 다 뒤를 돌봐주는 사람들이 있어 절강성 지역에 가서 벼슬하다가 함께 죄를 입어 각기 환주와 애주에 귀양을 갔다.

두 사람이 함께 행장을 차려서 귀양지에 가보려고 염주 땅 합포현에 이르렀다. 배를 타고 바다를 건너 교지로 가려고 합포 해안에 배를 댔다.

밤중이 되었을 때 바람이 크게 일어나 뱃줄을 끊어버리자, 배는 바람을 따라 대해로 들어갔다. 서너 차례나 뒤집힐 뻔하다가 배가 한 섬에 닿으며 바람도 그쳤다.

두 사람이 배에서 내려 섬에 오르니 고개 위에 천왕상이 있고, 그 앞에는 금향로가 놓여 있었다. 향불은 꺼져 있었고, 아무것도 없었다.

두 사람이 두루 돌아보는데, 문득 바다 위에서 큰 짐승이 머리를 내밀어 사면을 살펴보는 듯하였다. 어금니가 창칼과 같이 날카롭고 눈이 번개같이 번쩍였다. 그러다가 어느새 사라져 버리고 없었다.

다시 붉은 구름이 바다로부터 솟아나 수백 보에 걸쳐 어리는 것이었다. 그 가운데 오색 빛의 연꽃이 백여 자 높이로 솟아올랐다. 연꽃은 잎마다 벌어져 그 속에 휘장을 둘러쳤는데 비단에 수놓은 빛이 멀리까지 비쳤다. 또한 무지개 같은 다리가 비껴 놓여 바로 섬에 닿았다.

잠시 후에 쪽 찐은 시녀 두 사람이 옥합과 금화로를 가지고 연잎 사이로부터 천왕상 앞으로 와서 화로를 바꾸어놓고 기이한 향을 피웠다.

두 사람이 나아가 머리를 조아리며 인간세상으로 돌아가게 해달라고 청하였다. 시녀들이 대답을 하지 않으므로, 두 사람이 재삼 간절히 빌자, 시녀가 입을 열었다.

"그대들은 어떤 사람이기에 이 땅에 이르렀소?"

두 사람이 사실대로 말하자, 그 시녀가 말하였다.

"잠깐 뒤에 옥허존사가 이 섬에 내려와 남명부인과 만날 것이니, 그때 간절히 청하면 소원을 이룰 것이오."

말을 마칠 즈음 한 도사가 흰 사슴을 타고 빛나는 안개 사이로 내려오는 것이었다. 두 사람이 다 같이 절하고 울며 고하니, 존사가 말하였다.

"그대들은 이 시녀들을 따라 남명부인을 뵈면 마땅히 돌아가게 해주실 것이오."

하고 그 시녀들에게 말하였다.

"내 잠깐 이곳에 머물다 나아가리라."

두 사람이 그 시녀를 따라 휘장 밖에 가서 배알하는 예를 행하였다. 머리를 아직 얹지 못한 한 부인이 있었는데, 오색 문채를 입고 정신과 태도가 씩씩하여 참으로 천상의 선녀였다. 두 사람이 성명을 아뢰니, 부인이 미소를 띠고 말하였다.

"옛날 천태산에 유신이 있더니 이제 유실이 있고, 예전에 완조가 있더니 이제 원철이 있으니, 이도 하늘이 정하심이로다."
하고, 각각 방석을 주어 앉게 하였다.

한참 뒤에 존사가 이르니, 부인이 맞아 절하고 자리를 정하였다. 그 후에 선녀들이 관현악을 차례대로 연주하니, 난새와 봉황이 노래하고 춤추는데 곡조가 서로 맞았다. 두 사람은 황홀하여 옥황상제의 궁이 있다는 균천을 꿈꾼 것 같았다.

문득 검은 학이 무늬 있는 편지를 물고 공중으로부터 내려와 이르기를,

"신선이 되신 안기생이 존사께서 남명회에 와 계신 줄을 알고, '돌아가실 때 잠깐 들르소서.' 하였습니다."
하고 편지를 드리니, 존사가 글월을 보고 학에게 말하였다.

"잠시 후에 마땅히 갈 것이다."

존사가 부인에게 말하였다.

"안기생과 서로 헤어진 지 일천 년이 되었는데 남녘으로 노닐 때가 없어 찾을 길이 없었는데, 오늘 가까이 온 줄 알고 청했군요."

부인이 시녀들을 재촉하여 음식을 차려 올렸다. 음식에서는 기이한 향내가 나고, 그릇을 다 옥으로 만들어 매우 빛났다.

두 사람에게는 음식을 차려 주지 않으니, 존사가 부인에게 말하였다.

"이 두 사람이 비록 이 음식은 먹을 수가 없겠지만, 인간세상의 음식을 먹여 주시지요."

부인이 즉시 시녀들에게 명하였다.

"각별히 음식을 주어라."

그러자 곧 인간세상의 음식을 차려 내왔다.

존사가 품속에서 도가의 책 한 권을 꺼내 부인에게 주니, 부인이 절하고 받았다. 존사가 하직하고 가며 두 사람을 바라보고 말하였다.

"그대들은 신선이 될 수 있는 골격이 있으니 돌아가기 어렵지 아니하리라. 여기서 서로 만났으니 신령스런 약을 줄 수도 있으나, 다만 그대들에게는 절로 다른 스승이 생길 것이니라. 나는 그대들의 스승이 될 수 없네그려."

두 사람이 절하며 사례하니, 존사는 일어나서 갔다.

잠시 후에 키가 두어 길이나 되고 금빛 갑옷을 입은 한 무사가 칼을 짚고 앞에 나와 아뢰었다.

"신선 세계의 사자가 되어 삼가지 못했으니, 법에 따라 마땅히 목을 벨 것이므로 이제 이미 형벌을 행했사옵니다."

하고는 즉시 사라졌다. 부인이 시녀에게 말하기를,

"손님을 보내려는데 무엇을 태워 보낼까?"

하니, 시녀가 대답하였다.

"백화교가 있으니 두 사람을 건네줄 것입니다."

부인이 높이가 한 자 남짓한 옥병 하나를 주었다. 그 병에는 부인이 쓴 다음과 같은 글이 있었다.

올 제 한 잎 배를 좇아 왔으니
갈 제는 백화교를 건너가게나.
만일 인간 세상에 이르러 옥병을 두드리면
원앙이 스스로 알아 분명히 말을 하리라.

이윽고 긴 다리가 바다를 건너 놓였는데, 좌우 난간 위에는 기이한 꽃이 피어 있었다. 두 사람이 가만히 꽃 사이로 엿보니, 일천 마리의 용과 일만 마리의 뱀이 얽어져 다리와 기둥이 된 것이었다.

고개를 돌려보니 바다 위에는 전에 보았던 짐승이 머리가 베어져 바다에 떠 있었다. 시녀더러 어찌된 까닭이냐고 묻자, 시녀가 말하였다.

"이 짐승은 그대들이 여기에 온 것도 알지 못하고 미리 보고하지 않은 죄를 지었기 때문이지요."

두 사람이 부인에게 하직하고 그 다리를 건너는데, 그 시녀가 데려가다가 말하였다.

"내가 그대들을 데려갈 필요까지는 없으나 깊은 뜻이 있어 정중히 부탁을 하려고 억지로 그대들을 모셔 오는 것이오."

하고는 치마끈에서 호박으로 된 합을 끌러내는데, 그 가운데 무엇이 들어있어 어른어른하는 것이 마치 거미 형상 같았다.

시녀가 다시 두 사람에게 말하였다.

"우리는 수궁에 사는 물의 선녀랍니다. 음양 가운데 음에 해당하는지라 사나이가 없지요. 내가 옛날에 번옹 땅에서 한 소년을 만나 정을 이기지 못해 아들을 낳았는데, 세 살이 채 못 되어 버리게 되었습니다. 부인이 그 아이를 남악신에게 주어 자식을 삼도록 명하여, 떠난 지 벌써 여러 해가 되었지요. 남악 회안봉의 사자가 수궁에 일이 있어 왔기에 내 아들이 가지고 놀던 옥가락지를 가져다주라고 보냈는데, 그 사자는 감추고 주지 않아 내가 항상 한스러워하고 있었답니다. 그대들이 이 합을 가져가서 회안봉 아래 이르러 사자의 사당을 찾아 이 합을 던지면 마땅히 괴이한 일이 일어날 것이오. 행여 옥가락지를 얻거든 내 아들에게 보내주시오. 내 아들도 그대들에게 보답을 할 것이오. 궁금한 생각이 들어도 이 합은 절대로 열어

보지 마시구요."

두 사람이 합을 받아 가지고 그 시녀에게 물었다.

"부인의 글에 '만일 인간 세상에 이르러 옥병을 두드리면, 원앙이 스스로 알아 분명히 말을 하리라.'는 말은 무슨 뜻입니까?"

"그대들이 인간 세상에 돌아가 무슨 일이든 생기거든 이 병을 두드리시오. 마땅히 원앙새가 대답할 것입니다."

"옥허존사께서 이르시기를, '우리에게 절로 스승이 생길 것이다.' 하셨는데, 누구를 이르는 말입니까?"

"남악의 태극선생을 말씀하신 것이오. 자연히 만나게 될 것입니다."

마침내 두 사람이 그 시녀와 작별하고 다리가 끝나는 데 다다르니, 전에 배를 맸던 합포 부둣가였다. 돌아보니 백화교와 시녀는 간 곳이 없었다.

두 사람이 그곳에 있는 사람에게 때를 물으니, 벌써 12년이 지난 뒤였다. 환주와 애주에 귀양 갔던 사람들도 벌써 다 죽은 뒤였다.

두 사람은 길을 찾아 형산으로 돌아가다가 중도에서 배고픔을 참을 수가 없어서 옥병을 두드렸다. 그러자 원앙새가 나타나 말하기를,

"앞으로 조금만 가다 보면 음식을 만나리라."

하는 것이었다. 두 사람이 가다가 보니 길가에 소반에 담아 놓은 음식이 있었다. 매우 풍성하게 갖추어 놓은 음식이었다. 그들이 그 음식을 먹으니 두어 날 동안 배고프다는 생각이 들지 않았다.

오래지 않아서 집으로 돌아가 보니 전에 어렸던 아이들이 다 갓

을 쓰는 나이인 스무 살이 되었다. 그들의 아내들은 다 죽은 지 두어 해가 되었다. 두 집 사람들이 슬퍼하다가 기뻐하며 말하였다.

"남들이 말하기를 낭군이 바다에 빠져 죽었다고 해서 3년 상을 마친 지 벌써 아홉 해나 되었습니다."

두 사람은 처자의 죽음을 듣고 서러워 인간 세상을 슬프게 여기다가 곧장 회안봉으로 향하였다. 사자의 묘를 찾아 그 합을 던지자, 문득 두어 길이나 되는 검은 용이 바람과 번개를 일으키며 나무를 꺾고 집을 걷어치우는 것이었다. 그러다가 벽력 한 소리에 그 묘가 다 무너지고 말았다.

두 사람은 두려워 정면으로 바라보지도 못하고 있는데, 공중에서 옥가락지를 던지는 것이었다. 두 사람이 그 가락지를 가져다가 남악 묘에 두고 돌아서는데, 누런 옷을 입은 소년이 금합 둘을 가지고 나타나서 말하였다.

"우리 낭군께서 '이 약으로써 원공과 유공의 은혜를 갚노라.' 하셨습니다. 이 약은 죽은 사람도 살릴 수 있는 환혼단이니, 집에 죽은 사람이 있으면 비록 60년이 지나도 이마에 바르면 살아날 것이오."

두 사람이 그 합을 받자, 소년은 사라지고 없었다. 두 사람이 즉시 집으로 돌아가 죽은 아내의 관을 열고 그 약을 바르니, 아내가 다시 살아났다.

그 뒤, 두 사람은 함께 다니며 태극선생을 찾았으나 만날 길이 없었다.

하루는 큰 눈이 내리는데, 한 노옹이 나무를 지고 다니며 팔고 있었다. 두 사람은 그 노옹이 가엾게 여겨져 데려다가 술을 먹였다. 그러다가 문득 보니 나뭇짐 위에 '태극'이라는 두 글자가 있었다.

두 사람이 자리에서 내려와 즉시 절하고 스승으로 삼았다. 그리고는 옥병을 꺼내 보이자, 노옹이 말하였다.

"이 그릇은 내가 옥액을 담던 것이었는데 잃은 지 벌써 120년이 지났어. 다시 보니 매우 반갑구먼."

두 사람은 태극선생을 따라 남악의 축융봉에 들어가 도를 얻고 다시는 인간 세상에 나오지 않았다.

술독과 술 친구한 강수

강수라는 사람은 산서성 태원에 있는 병주 땅의 대단한 술꾼이었다. 성품이 자기 자신을 단속하지 않고 술을 즐겨서 깨어 있을 때가 드물었다. 특히 남들과 더불어 대작하기를 좋아하였다. 병주 사람들은 모두 그가 술에 상할까 걱정하여 그가 청하여도 두려워하며 가지 않았다. 이러므로 강수는 더불어 사귀는 벗이 적었다.

하루는 문 밖에 손님이 찾아왔다. 검은 옷을 입고 검은 관을 쓰고 있었는데, 키는 두어 자 가량 되고 허리는 커서 두어 아름이나 되었다. 그가 강수를 보고 술 먹기를 청하니, 강수는 매우 기뻐하였다. 이에 돗자리를 내오게 하여 대좌하고 술을 마시다가 그 손님이 웃으며 이르기를,

"내가 평생토록 술을 좋아하였으나 늘 뱃속에 차지 못하는 것이 한이었소. 내 속에 술이 가득 차면 평안하고 또 즐겁다오. 그대는 나를 용납하여 오래 머물게 해주시겠소?"

하였다. 강수가 말하기를,

"그대는 나와 더불어 좋아하는 것이 같으니 진정한 나의 친구요."
하고는 마시기를 그치지 않았다. 손님이 마신 술이 벌써 세 섬이나
되었으나 취하지 않으므로, 강수는 몹시 괴이하게 여겼다. 행여 세
상에 존재를 드러내지 않고 숨어서 사는 이인이 아닐까 의심하며
일어나 절하고 사는 곳과 성명을 물었다.

"그대의 이름과 사는 곳은 어디오? 도대체 무슨 도를 터득했기에
이토록 술을 잘 드시는 것이오?"

그가 이르기를,

"내 성은 성이요, 이름은 덕기라오. '큰 그릇이 되었다'는 뜻이지
요. 선대에는 들에서 주로 살았는데, 조물주의 은혜를 입어 내가 남
들에게 인기 있는 시절이 되었소. 나는 이제 나이도 들고 도를 터득
하여 술을 잘 마시게 되었다오. 배에 차게 마시려면 다섯 섬이면

족하고, 그러면 몸이 편안하다오."

하므로, 강수는 그 말을 듣고 다시 술을 부어 먹였다. 이윽고 다섯 섬에 이르니, 그는 바야흐로 취하여 노래 부르고 춤추며 이르기를,

"즐겁구나, 즐거워!"

하고 땅에 거꾸러졌다. 강수는,

"몹시 취하였군."

하고 종들로 하여금 붙들어 방으로 들어가게 하자, 그는 문득 놀라 일어나더니 달아났다. 그 집 사람들이 그가 가는 곳을 따라갔는데, 그가 뜻하지 않게 돌에 가서 부딪히자 무엇인가 무너지는 소리가 나고, 그는 보이지 않았다. 이튿날 날이 밝은 뒤에 보았더니 오래 된 술독이 문 밖에 깨어져 있고, 술이 땅에 흥건히 흘러 있었다.

소라고둥을 각시로 얻은 오감

　　강소성 상주의 의홍현에 오감이라는 사람이 있었는데, 부모처자가 없었으나 마음은 공순하였다. 그는 고을의 아전이 되었다.

　　그의 집은 형계라는 냇물 가에 있었다. 그는 문 앞에 바자를 막아 더러운 것이 냇물로 들어가지 못하게 하고, 퇴근해 오면 냇물을 바라보며 공경하고 사랑하였다.

　　두어 해 만에 문득 냇물 가에서 흰 소라고둥 하나를 얻었다. 집에 가져다가 물속에 그것을 넣어두었다. 그 후로는 퇴근해 오면 음식이 매우 풍성하게 차려져 있으므로 수상히 여겼으나 배가 고픈 김에 다 먹었다. 이후로도 열흘이 넘도록 귀가하면 늘 음식이 차려져 있으므로 오감이 의심하기를,

　　'마을 사람이 내가 외로이 지내는 것을 불쌍히 여겨 그리하였는가?'

　　여기고 일부러 찾아가 사례하니, 마을 사람이 이르기를,

"그대가 요사이 고운 색시를 얻어놓고 어찌 내게 와서 사례를 하는가?"

하므로 오감이 그 연고를 물으니 마을 사람이 이르기를,

"그대가 아침에 출근하면 고운 색시가 곱게 옷을 차려입고 부엌에 들어가서 음식 만드는 모습을 항상 본다네."

하였다. 오감은 소라고둥의 일인가 하며 매우 의심하였다.

이튿날 출근하는 체하고 곁에 숨어서 보았다. 과연 한 여자가 방에서 나오더니 부엌으로 가서 음식을 장만하는 것이었다. 오감이 불의에 들어가니, 그녀는 미처 피하지 못하고 이르기를,

"하늘이 그대가 냇물의 근원을 공경하며 맡은 바 소임을 부지런히 하는 것을 아시고, 또 그대가 혼자 있는 것을 가엾이 여겨 제게 명하여 그대의 배필이 되라 하셨으니 행여 의심하지 마세요."

하는 것이었다. 오감이 사례하고 이때부터 한 곳에서 살았는데, 말이 서로 전해져서 남들이 다 알게 되었다.

그 고을의 사또는 호기로운 사람이었다. 오감의 아내가 곱다는 말을 듣고 빼앗고자 하였으나, 오감이 아전의 소임을 매우 착실히 하였으므로 허물을 잡지 못하여 그에게 이르기를,

"내 두꺼비 털과 귀신의 팔을 얻고자 하니 일과가 끝날 때까지 즉시 얻어 바치되 못 얻어오면 죄책을 면치 못하리라."

하였다. 오감이 물러나와 그의 아내에게 이르기를,

"오늘 내가 죽게 되었소."

하고 그 사연을 말하니 그의 아내가 이르기를,

"그것이 무엇이 어렵겠어요. 제가 얻어다 드리지요."

하고 잠깐 나가더니 두 가지를 얻어왔다. 오감이 사또에게 가져가니, 사또가 웃으면서 말하기를,

"어! 그걸 얻어 왔구먼. 그런데 내가 불을 먹기도 하고 싸기도 한다는 와두라는 짐승 한 마리를 얻고자 하는데, 이걸 못 얻어오면 네게 화가 미칠 것이야."

하였다. 오감이 나가서 그의 아내에게 또 말하니, 그녀가 이르기를,

"우리 집에 있는 것인데 무엇이 어렵겠어요?"

하고는 한참 있다가 짐승 한 마리를 이끌어 왔는데, 크기가 개만하고 생김새도 개 같았다. 그의 아내가 말하였다.

"이 짐승은 불을 먹을 수 있으니 빨리 가져다가 사또께 드리세요."

오감이 사또에게 가져가니, 사또가 보고 노하여 이르기를,

"나는 와두를 얻고자 하는데, 이것은 개가 아니냐? 무슨 능력이

있다는 것이냐?"

하였다. 오감이 이르기를,

　"불을 먹고 불을 눈다고 합니다."

하였다. 사또가 숯불을 피워 그것을 먹이니, 그 짐승이 다 먹고 나서는 똥을 누는데 다 불이었다. 사또가 노하여 이르기를,

　"이런 것을 해서 무엇에 쓴단 말이냐? 불을 쓸어서 꺼라!"

하고 오감을 해치려 하였다. 그런데 불은 닿는 데마다 붙어 온 관사가 다 타버렸다. 사또의 일가가 다 불에 타 죽고, 오감 부부는 간 곳이 없었다. 그래서 그 뒤로 의흥 관아는 서쪽으로 옮겨 가게 되고 말았다.

긴 수염 나라 여행기

당나라 때 한 선비가 신라의 사신을 따라 배를 탔는데 바람으로 인해 배를 목적지에 대지 못하고 한 곳에 이르렀다. 그곳 사람들은 다 수염이 길었는데, 말하는 것은 중원과 같았다. 인물이 매우 많고, 의관은 중국과 약간 달랐다.

그 선비가 두세 곳에 나다녔는데, 그 나라 사람들은 그를 매우 공경하며 대접하였다.

하루는 사람들이 수레와 말 20여 필을 타고 와서 이르기를,

"대왕께서 손님을 청하라고 하십니다."

하였다. 그 선비가 말을 타고 이틀 동안 길을 가니 커다란 성에 이르렀는데, 무장한 군사들이 매우 많았다. 사자가 선비를 인도하여 궁궐 문에 이르렀는데, 전각이 넓고 위의가 대단하여 중원의 임금이 있는 곳이나 다름이 없었다.

이윽고,

"왕께서 납신다."

하고 서로 전하더니 풍류소리가 깊은 곳에서부터 들려오며 시종하는 신하들이 전각 앞에 시위하고 있었다. 왕이 나오는데 평천관을 쓰고 곤룡포를 입었으며 옥띠를 띠었는데 긴 수염이 성기게 돋아 있었다.

그 선비가 뜰 아래서 뵈니 왕이 이르기를,

"그대는 돌아갈 길이 아득하니 이 나라를 작다고 하지 말고 부귀를 함께 누리는 것이 어떻겠는가?"

하였다. 그 선비가 다시 절하며 사례하니, 왕이 좌우에 명하여 바람을 관장하는 사풍장이라는 벼슬을 내려주고 또 왕의 사위로 삼았다. 일관이 길일을 점쳐 보니 마침 이 날 밤이 가장 길한 때였다. 신랑이 신부를 맞이하는 예와 잔치를 차린 것이 대단히 성대하였다. 공주는 얼굴이 매우 고왔으나 긴 수염이 20여 가닥 돋아 있어서, 그는 마음속으로 좋지 않게 여겼다.

그 선비는 왕의 사위가 된 뒤로 위세와 권력이 날로 성하고 부귀가 극에 달하였다. 중국에서는 볼 수 없는 주옥과 보배를 많이 가지게 되어 고향으로 돌아갈 생각을 잊은 듯하였다.

그 왕은 달이 밝은 때면 항상 신하들을 모아 잔치를 벌였다. 왕비와 후궁들 가운데는 고운 사람이 많았으나 다들 수염이 조금씩 나 있었다.

10여 년 사이에 선비는 딸 둘을 낳았다. 하루는 그 나라의 여러 신하들이 다 근심하는 빛이 있으므로, 선비가 괴이하게 여겨 물으니, 왕이 울면서 말하였다.

"우리나라에 어려운 일이 있어서 화가 눈앞에 닥치게 되었는데 그대가 아니면 가히 구할 사람이 없을 것 같네."

선비가 놀라서 말하기를,

"진실로 도울 일이 있으면 생사를 아끼지 않겠습니다."

하였다. 왕이 이에 배를 갖추고 두 사신을 딸려주며 이르기를,

"그대는 이 길로 용왕을 찾아가 만나 뵙고, '동해에서 세 번째로 물결이 갈라지는 곳의 일곱 번째 섬인 긴 수염나라에 재난이 생겼으니 구해주시기를 청한다.'고 아뢰게나. 우리나라는 매우 작은 나라이니 여러 차례 말씀을 드리게."

하고는 눈물을 흘리며 선비의 손을 잡고 작별하였다. 그 선비가 배를 타자 잠깐 사이에 건너편에 닿았는데, 물가의 모래가 다 칠보였다.

그곳 사람들은 널찍한 의관을 쓰고 거동이 기이하였다. 한참이 지나서 용궁에 들어가니, 궁궐이 장려하고 위의가 대단한 것이 그가 있던 긴 수염나라와 비할 바가 아니었다. 진주와 수정으로 집을 꾸며 놓았는데 빛이 눈부셔서 눈을 뜰 수가 없었다.

용왕이 섬돌에 내려와 맞이하고는 찾아온 뜻을 물었다. 그 선비가 찾아온 연고를 말하자, 용왕은 즉시 명을 내렸다.

"상세히 조사를 해보라."

이윽고 한 신하가 들어와 아뢰기를,

"동해의 경내에는 이런 나라가 아무데도 없사옵니다."

하였다. 그 선비가 다시 슬피 빌며 이르기를,

"저희 긴 수염나라는 동해의 일곱 번째 섬에 있사옵니다."

하니, 용왕이 그 사람을 꾸짖으며 다시 잘 살펴보라고 하였다. 오랜
뒤에야 그 사람이 다시 와서 아뢰기를,

"그 섬은 나라가 아니오라 새우들이 모여 있는 섬이옵니다. 그
섬의 새우를 대왕께서 이 달의 반찬으로 쓰게 하셔서 어제 잡아왔사
옵니다."

하였다. 용왕이 웃으며 이르기를,

"그대는 새우의 정령에게 홀린 게 틀림없소. 내가 비록 용왕이
되었으나 먹는 것은 다 하늘에서 정하여 주시므로 한 가지도 망령되
이 내 마음대로 먹지 못한다오. 그러나 오늘은 손님인 그대를 위해
서 반찬을 덜기로 하겠소."

하고는,

"손님을 데려다가 보여 주거라."

하였다. 사자는 선비를 인도하여 주방으로 함께 갔다. 그곳에는 큰 가마솥 20여 개를 벌여놓았는데, 가마솥마다 새우를 가득가득 담았고, 그 중에 대여섯 마리의 새우가 가장 크고 빛이 붉었는데, 그 선비를 보고는 뛰놀며 구해 달라고 하는 빛이 있었다. 사자가 이르기를,

"이것이 새우의 왕이라오."

하였다. 그 선비는 마음속으로 슬피 여겨 눈물이 흐르는 것을 깨닫지 못하였다. 용왕은 명을 내려 새우 왕과 한 가마솥의 새우를 놓아주게 하고 두 사신에게 명하기를,

"손님을 중원으로 돌려보내라."

하였다. 저녁 무렵에 산동성 등주 땅에 이르러 두 사신을 돌아보니, 모두 큰 용이었다.

장래를 훤히 내다본 백의인

호북성 형주에서 강릉부사를 지낸 이군의 젊은 시절이었다. 그가 과거보러 가다가 섬서성의 화음 땅에 이르러 한 주막에 들었다. 그곳에는 아래 위에 모두 흰옷을 입은 백의인이 앉아 있었다. 이군이 그에게 말을 붙여 보니 마음이 아주 잘 맞아서 흡족하였다. 섬서성의 소응 땅에 이르렀을 때 백의인이 말하기를,

"나는 연고가 있어 내일 도성 안으로 먼저 갈 텐데, 그대는 장래의 일을 알고 싶지 않소?"

하였다. 이군이 간절히 청하니, 달빛 아래서 글 세 통을 써서 차례로 맡기고는 이르기를,

"몹시 급한 일이 생기거든 열어 보시오."

하였다.

이군은 서울에 들어가서 과거를 여러 번 보았으나 다 낙방하고, 양식이 없어 다른 데로 가지도 못하고 있을 데도 없어 몹시 딱한

처지에서 생각하기를,

'이제야말로 급하게 되었으니 그 글을 떼어 봐야겠다.'

하고 향을 피운 뒤에 첫 번째 글을 떼어 보니 거기에는 이렇게 쓰여 있었다.

'청룡사 문에 가서 앉아 있으라.'

이군이 보고 즉시 절문에 가서 앉아서는 날이 저물어 가도 돌아가지 않고 마음속으로 우습게 여기기를,

'여기 앉아 있은들 어떻게 돈을 얻겠는가?'

하였다.

이윽고 그 절의 주지승이 상좌를 데리고 문을 닫으러 왔다가 이군을 보고는,

"뉘시오?"

하고 물으므로, 이군이 대답하였다.

"제가 타고 온 노새는 약하고 사는 곳은 멀어 여기서 잠깐 잠자리를 빌리고자 합니다."

그 주지승이 이르기를,

"문 밖은 바람이 차니 절 안으로 들어가십시다."

하고는 음식을 장만하고 차를 대접하며 웃고 말하다가 주지승이 물었다.

"시주의 성이 무엇이오?"

"이가입니다."

주지승이 놀라 물었다.

"시주는 형주의 송자에서 벼슬하신 이 장관을 아시오?"

이군이 정색하고 말하였다.

"그 분은 저의 선친입니다만……."

그러자 주지승이 눈물을 흘리며,

"시주의 얼굴이 이 장관과 매우 닮은지라 수상해서 물어본 것이오. 오랜 동안 그대를 찾았는데 이제야 만나게 되었구려."

하고 말을 이었다.

"시주는 몹시 곤궁해 보이시오. 예전에 장관께서 돈을 가지고 이곳에 오셔서 벼슬을 구하시다가 낭패를 보셨소. 가지고 왔던 돈 2천 꿰미를 여기에 맡겨 두셨는데, 그 후로 빈도는 무거운 짐을 진 듯했다오. 이제 시주에게 돌려보내면, 내 이 생에서는 더 이상 할 일이 없게 되었소. 내일 문서나 한 장 써두고 가져가시오."

이군은 한편으로 슬퍼하며 한편으로는 기뻤다. 그 돈을 다 실어

가져가서 집을 사고 부자가 되었다.

몇 해를 지내는 동안 과거를 보아 연달아 낙방하자 낙심해서 과거 공부를 그만두려고 하다가 한 통의 글을 또 떼어 보니,

'서쪽 저잣거리에 가서 앉아 있으라.'

하였으므로 이군은 즉시 그곳으로 가서 길가 누각 위에 앉아 술을 사 마시고 있었다. 그때 누각 아래서 한 사람이 혼잣말로 이르기를,

"그 젊은이가 날이 밝으면 오마 하더니, 돈이 없으면 언약을 하지 말거나. 과거급제를 하고 싶지 않은 겐가?"

하는 것이었다. 이군이 놀라 까닭을 물으니 그가 대답하기를,

"모 대감의 자제분께서 꼭 돈 1천 꿰미를 쓸 데가 있어서 어제 한 선비에게 '급제를 시켜주마.' 하고 약조를 했다오. 그런데 와보니 기약한 시간이 지나도 오지 않아 돌아가려고 하는 게요."

이군이 다시 자세히 묻자, 그가 말하였다.

"누각 위의 방에 계시는 분이 대감의 자제분이시오. 못 믿겠거든 그대가 친히 가서 물어보시오."

이군이 말하였다.

"나도 초시에 급제한 선비라오. 돈이 있으니 도령에게 이 뜻을 전해 주시오."

그가 이군을 이끌어 누각의 방으로 안내하였다. 대감의 아들이 말하기를,

"이번 과거에 시관의 우두머리인 상시관이 나의 삼촌이니 그대를 급제시켜 주리다."

하고 언약하였다.

　이듬해에 과연 급제하여 전중 벼슬을 역임하고 강릉부사가 되었는데, 가슴을 앓아 병이 위급해지자 아내에게 이르기를,

　"글 한 통이 남아 있으니 떼어 보시오."

하였다. 그 글에 쓰여 있기를,

　'아무 달 아무 날 강릉부사가 되어 가슴을 앓을 것이니 집안일을 정리하라.'

하였다. 이군은 그로부터 이틀 만에 죽고 말았다.

환생한 옥소와 다시 만난 위고

당나라 시절, 벼슬이 태위에 이른 위고가 젊었을 때 호북성 무한의 강하 땅에 가서 노닐다가 그곳의 수령인 강 사군의 집에 머물렀다. 그 집에는 형보라는 아들이 있었는데, 위고를 형으로 대접하였다. 형보에게는 옥소라고 하는 나이 어린 계집종이 있었다. 그녀의 나이는 열 살쯤으로, 위고의 앞에서 심부름을 하였다.

그 후에 강 사군은 벼슬하여 서울로 들어가고, 딸린 식구들은 강하에 그대로 머물게 하였다. 이때부터 위고는 두타사라는 절로 옮겨가 있었는데, 형보가 옥소를 보내어 모시라고 하였다. 옥소의 나이가 점점 많아지매, 그로 인해 위고의 정이 깊어졌다.

위고의 삼촌은 높은 벼슬을 하고 있었는데, 강하의 안찰사에게 편지를 보내,

'위고가 오래 객지에 나다니고 있으니 빨리 재촉하여 보내시오.'

하였다. 안찰사는 그 편지를 보고, 행여 위고가 가지 않으려고 할까

하여 물가에 배를 대놓고 위고를 재촉하여 배에 오르게 하였다.

위고는 몹시 다급하여 형보에게 기별하니, 형보는 옥소를 데리고 따라와서 위고에게,

"옥소를 데려가십시오."

하니 위고가 사양하기를,

"어버이를 떠난 지 오래되었으므로 감히 데리고 갈 수가 없네."

하고는 옥소와 언약하기를,

"빨리 오면 5년 후에 오고, 오래 걸리면 7년 후에 데리러 오마."

하며 옥가락지 한 쌍과 시 한 편을 지어주고는 서로 울면서 이별하였다.

위고가 떠나간 후, 옥소는 날마다 무한의 서남쪽 장강 가에 있는 섬인 앵무주에 가서 빌며 빨리 만나보기를 기원하였다. 7년이 지나자, 옥소는 한숨을 지으며 말하기를,

"위랑과 한번 이별한 지 일곱 해라. 언약한 때가 벌써 지났으니 이제 오지 않으려나봐."

하고는 식음을 전폐하여 죽고 말았다. 형보는 불쌍히 여기며 옥가락지를 옥소의 손에 끼워서 묻어주었다.

후에 위고는 사천성의 서천절도사가 되어 파촉 땅에 이르렀다. 죄인들을 모아 죄의 경중을 가리는데, 옥에 갇혀 있는 죄인 3백여 명 중에 한 죄인이 가장 죄가 중하여 다섯 가지 형구를 차고는 뜰 아래 앉아 있었다. 그가 청사 위를 올려다보며 혼잣말로 이르기를,

"저 양반은 옛날의 위형이 아닌가?"

하다가 소리를 질러 말하기를,

"대인께서는 강형보가 기억나십니까?"

하였다. 위고가 자세히 보니 강 사군의 아들 형보였다. 놀라서 말하기를,

"그대는 무슨 죄로 여기에 와 갇혀 있는가?"

하니, 형보가 말하였다.

"저는 대인과 헤어진 후에 과거에 급제하고 사천성의 청성현령으로 부임하였지요. 집안사람이 잘못해서 불을 내는 바람에 관사와 창고, 문서와 관인 등을 다 태우고 말았습니다. 그 죄로 이렇게 갇히게 되었습니다."

위고가 말하기를,

"이는 고의로 범한 죄가 아니로군."

하고 즉시 풀어주고 관내에 있는 미주의 수령으로 임명하여 자신의 밑에 두었다. 위고는 공무가 조용한 틈을 타서 형보에게 옥소의 소식을 물었다. 형보는 옥소의 사연을 다 말하고는 그녀가 옥가락지를 두고 지은 글을 외워서 들려주었다.

> 꾀꼬리가 옥가락지 물어다 준 지도
> 벌써 두어 해가 지났는데
> 이별할 때 손가락에서 빼내어
> 님에게 주었도다.
> 장강에서 물고기가 물어오는 편지를
> 볼 수 없으니

그리워하는 마음 전하려

꿈에 님 계신 곳으로 들어가네.

"이 글을 지어 읊으며 죽었습니다."

하니, 위고가 듣고 더욱 슬퍼하였다.

위고는 매번 승려들을 모아 옥소를 위해 재를 지내주며 불경을 외워 평소 생각하던 뜻을 갚으려 하였으나 다시 만날 길은 없었다.

문득 청성산에 있는 도사가 와서,

"죽은 사람을 다시 보게 할 수 있습니다."

하고는 위고에게 7일 동안 목욕재계를 한 뒤 밤이 되면 휘장을 둘러치고 촛불을 밝혀 놓은 채 기다리라고 하였다.

7일째 되는 날, 과연 옥소가 휘장 밖에서 들어오는데, 얼굴이 예전과 같고 몸은 더욱 가벼워 보였다. 그녀가 사례하기를,

"대인께서 불경을 읽게 하신 힘으로 열흘만 지나면 인간 세상에 환생하게 되었어요. 그 후로 13년이 되면 다시 시첩이 되어 큰 은혜에 보답하겠습니다."

하고 떠나갈 무렵에 잠시 웃고 말하기를,

"서방님께서 박정하시어 저로 하여금 서방님과 생사를 달리 하게 하셨지 뭐에요."

하고 문을 나간 후 다시는 보지 못하였다.

그 뒤 위고는 벼슬이 높아져 재상인 중서령이 되었다. 그의 생일이 되자 각 지방에서 각각 보배를 보내어 하례하였다. 동천절도사

로부터는 노래하는 계집아이 하나를 보내왔다. 그녀의 나이는 13세로, 이름을 옥소라고 하였고, 얼굴이 강씨 댁의 옥소와 똑같아서 분간할 수가 없었다.

그녀가 평소에 한 쪽 손을 항상 감추고 내보이지 아니하므로, 위고가 자세히 살펴보니 가운데 손가락의 살에 가락지를 끼었던 듯 빙 둘려 자국이 나 있었다. 이는 이별할 때 위고가 주고 간 옥가락지를 꼈던 흔적이었다.

위고는 13년 뒤에 다시 모시겠다던 그녀의 옛말을 생각하고 매우 기특하게 여겼다. 그리하여 그녀를 예전보다 한층 더 총애하였다.

죽은 아내 제씨를 살려낸 이생

    강서성의 요주자사로 있던 제추의 딸이 감숙성 농서 출신 이생에게 시집을 갔다. 이생은 과거보러 서울로 가고, 그의 아내 제씨는 아이를 배어 달이 차게 되었다. 동각이라는 집으로 이사를 하였는데, 꿈에 매우 너른 의관을 차려 입은 한 사나이가 눈을 부릅뜨고 칼을 빼 든 채 꾸짖었다.

    "이 집이 어찌 네가 더럽힐 곳이랴. 빨리 옮겨 가라. 그렇지 않으면 화가 미칠 것이다."

    이튿날 아버지 제추에게 고하니, 그는 본디 강한 사람인지라 이르기를,

    "내가 이 땅을 다스리는 자사인데 어떤 요괴가 감히 침노하겠느냐?"

하고 옮기지 않았다.

    며칠 뒤에 그의 딸이 해산을 하였는데, 문득 꿈에 뵈던 사람이

침상머리에 서서 그녀를 마구 때리는 것이었다. 잠시 후에 그녀는 코, 눈, 귀, 입으로 피를 흘리며 죽고 말았다.

그녀의 부모는 몹시 서러워하며 뉘우치는 한편, 딸의 시신을 이생이 돌아오면 이생의 선산으로 보내기로 하고 고을 서북쪽으로 10리 되는 곳에 임시로 매장하였다.

이생은 과거에 낙방하고 돌아오는 길에 아내의 사망 소식을 듣고 바삐 달려왔으나 요주 땅에 거의 이르렀을 때는 그의 아내가 죽은 지 벌써 반년이 지난 때였다. 이생도 그녀가 죽은 연고를 알고 더욱 서러워하며 저승에 가서라도 원수를 갚고자 하였다.

날이 저물 무렵에 한 들판에 다다르니 어떤 한 여자가 보였는데, 얼굴과 의복이 시골 사람 같지 않았으므로 문득 마음이 동하여 말을 멈추고 자세히 살펴보았다. 그녀는 수풀 사이에 몸을 감추고 숨는 것이었다. 이생이 말에서 내려 나아가 보니 그의 아내였다. 서로 보고 울기를 참지 못하다가 그의 아내가 말하였다.

"행여 다시 살게 될까 하여 당신이 오기를 기다린 지 오래예요. 어버이께선 강직하시어 귀신을 믿지 않으셨고, 저도 아녀자의 몸이라 능히 손수 억울함을 호소하지 못하고 있었는데 오늘에야 당신을 만나게 되었으니 일이 조금 늦어졌어요."

이생이,

"어찌하면 좋겠소?"

하니, 그의 아내가 말하였다.

"여기로부터 서쪽으로 5리만 가면 파정촌이라는 곳에 한 노인이 계시는데 성이 전씨랍니다. 마을 아이들을 모아 글을 가르치지요. 사실 그 분은 신선들이 사시는 구화동의 선관이십니다. 다른 사람들은 그가 신선인 것을 알지 못한답니다. 당신이 가서 지성으로 빌면 혹시 우리가 뜻하는 것을 이룰 수 있을지도 몰라요."

이에 이생은 곧장 전 선생을 찾아가 그 앞에 나아가 두 번 절하고 말하였다.

"하계의 천한 사람이 감히 대선을 뵙습니다."

선생은 바야흐로 아이들에게 글을 가르치다가 이생을 보고 놀라 피하며 말하였다.

"늙은 몸이라 언제 죽을지도 모르는 사람인데 젊은이는 어찌 이런 말을 하시오?"

이생이 두 번 절하고 머리 조아리기를 마지않으니, 선생은 더욱 잡아떼는 기색을 보이며 대답을 하지 않았다. 이생은 날이 저물어 밤이 깊도록 두 손을 공손히 모은 채 노인 앞에 서서 앉지 아니하니, 선생이 머리를 숙이고 오래 있다가 입을 열었다.

"젊은이의 정성이 이렇듯 간절하니 내 어찌 숨기고만 있겠소."

이생이 즉시 머리를 조아리며 눈물을 흘리고 그의 아내가 죽게 된 사정을 자세히 말하자 선생이 이르기를,

"나는 그 일을 안 지 오래 되었소. 다만 이를 하소연하지 않아서 이제는 시신이 벌써 썩었을 것이므로 주선하기가 어렵게 되었구려. 아까 그대의 청을 거절한 것도 계교가 없었기 때문이오. 그러나 처음으로 그대를 위해 다른 방법으로 한번 처리를 해보리다."

하고 북쪽으로 백여 보 가량 걸어 나가 뽕나무 수풀 밑에 가서 휘파람을 길게 불었다. 그러자 문득 큰 집이 나타나는 것이었다.

전각이 널찍하고 위의가 대단하여 임금이 사는 궁궐 같았다.

선생이 붉은 옷을 입고 상에 걸터앉으니, 좌우에 모시는 사람들이 늘어서서 저승사자를 부르는 명을 전달하였다. 이윽고 여남은 장수들이 각각 백여 명씩의 기병을 거느리고 달려왔다. 그 장수들은 다 키가 한 길이 넘고 얼굴이 컸다. 그들은 문 밖에 와서 의관을 단정히 하고 급하게 물었다.

"오늘 무슨 일이 있기에 이렇듯 급히 부르셨을까?"

안내하는 자가 들어가 통보하기를,

"인간세상의 여산신·강독신·팽려신이 왔습니다."

하니, 다 들어오라고 하여 뜰에 세우고 묻기를,

"지난번에 이 고을 자사의 딸이 해산을 하다가 모진 귀신에게 죽은 일이 있었는데, 너희들은 알고 있었느냐?"

하니, 다들 엎드려 대답하였다.

"그러하옵니다."

선생이 또 물었다.

"너희들은 억울하고 불쌍한 일을 보고도 어찌 다스리지 않았느냐?"

다들 대답하기를,

"옥사에는 아무쪼록 하소연할 사람이 있어야 할 것이온데, 고발하는 사람이 없었사옵니다. 그래서 적발하지 못했사옵니다."

하니, 선생이 물었다.

"너희들은 도적의 성명을 아느냐?"

그 중의 한 귀신이 대답하였다.

"그는 한나라 때 파현왕 오예이옵니다. 지금 자사가 살고 있는 집이 예전에 오예가 살았던 곳이옵니다. 그는 아직도 자신의 강함만을 믿고 토지를 침노하여 이따금 그 모진 성질을 내어 부리니, 사람들은 어찌 할 길이 없사옵니다."

그 말을 듣고 전 선생이 명하였다.

"즉시 가서 잡아오라."

잠시 후에 오예를 결박하여 왔다. 선생이 꾸짖었으나 항복하지 아니하므로, 좌우에 명을 내렸다.

"이생의 아내 제씨를 불러오너라."

잠시 후에 이생의 아내가 들어와 오예와 한동안 시비를 가렸는데, 오예는 말이 막히자,

"출산 후 허약한 때에 나를 보고 놀라 자연히 죽은 것이지, 내가 부러 죽인 것이 아니오."

하였다. 선생이 명하였다.

"즉시 오예를 잡아다 염라대왕에게 보내고, 이씨의 수명이 얼마나 되는지 알아 오라."

그 아전이 돌아와 아뢰었다.

"이씨의 명이 이제부터 32년이 연장되었고, 네 아들과 세 딸을 낳을 것이라 했사옵니다."

선생이 물었다.

"이씨가 만일 재생하지 못하게 되면 모진 귀신을 눌러 항복시키지 못할 것이니, 그대들의 소견은 어떠한가?"

한 늙은 아전이 나와 아뢰었다.

"동진 시절에 업하라는 곳의 한 사람도 횡사한 것이 마치 이 일과 같았사옵니다. 그 당시 갈 진군께서 모든 혼을 모아 이어서 본신을 삼아 이승으로 돌려보냈사온데, 음식을 먹는 것이나 말하는 것은 전과 다름이 없었사옵니다. 수명이 연장되어 살다가 다만 죽을 때에 얼굴이 간 곳이 없었사옵니다."

선생이 물었다.

"혼을 모으다니, 그게 무슨 말인가?"

그 아전이 대답하였다.

"사람은 3혼과 7백이 있사온데 죽으면 모두 흩어져서 의지할 데가 없게 되옵니다. 이제 이들을 거두어 합하여 한 몸을 만들고 속현교라는 아교풀로 붙여 대왕께서 길에 내어 보내시면 전의 몸과 다름이 없게 되옵니다."

선생은,

"좋다!"

하고 이생의 아내를 돌아보며 물었다.

"그대의 뜻에는 어떠한가?"

이생의 아내는 사례하기를,

"다행함을 어찌 일일이 다 아뢰겠사옵니까?"

하였다.

이윽고 한 아전이 예닐곱 명의 여자들을 데리고 왔는데, 다들 이생의 아내 얼굴 같았다. 그들을 한데 합하였다. 한 사람이 약그릇 하나를 들고 왔는데, 약이 눅은 엿 같았다. 그것을 이생의 아내 몸에 두루 발라주니, 이생의 아내는 공중에서 땅에 떨어지는 듯하여 처음에는 몹시 어지러워하였다.

날이 새자 밤에 보던 집과 사람들은 간 데 없고, 다만 전 선생과 이생 부부만이 뽕나무 수풀 아래 서 있었다. 선생이 이생에게 말하였다.

"일이 이루어진 것이 매우 기쁘구려. 이제 부인을 데리고 가되, 친척들을 만나거든 다만 되살아났다고만 하고 다른 말은 일절 마시오. 나도 또한 이리로 갈 것이오."

이생이 아내를 데리고 고을로 들어가니, 일가 사람들이 놀라고 의심하여 믿지 않다가 오랜 후에야 산 사람임을 알았다.

　자식을 두세 명 낳고 함께 살았는데, 다른 일은 다름이 없었으나 다만 몸이 아무 흔적도 없이 몹시 가볍고 날렵하기가 보통 사람들과 달랐다.

죽은 유씨녀를 살려 혼인한 고생

강서성 길주의 지방관으로 있던 유 장사는 딸을 두었는데, 얼굴이 매우 고왔다. 그녀의 나이 12세에 병들어 관사에서 죽자 임시로 관을 덮어 두었다가 임기를 마친 뒤에 딸의 관을 배에 싣고 집으로 돌아갔다. 그 때에 판관으로 있던 고광이라는 사람이 또한 임기를 마치고 유 장사와 함께 배로 가게 되었다. 고광에게는 아들이 있었는데, 당시 나이가 20세가량 되었다.

강서성 남창의 예장 땅에 다다랐는데, 얼음이 채 풀리지 않아 배가 나아갈 수 없었다. 두 배를 어느 가까운 곳에 머물러 두고 서로 왕래하였다.

어느 날 저녁, 고광의 아들이 혼자 배 안에 앉아 책을 읽고 있었다. 밤 10시쯤 되어 한 여자가 들어오는데, 나이는 14세쯤 되고, 얼굴이 매우 고왔다. 바로 고생의 앞으로 다가와 말하기를,

"유 장사의 배에 불이 꺼져서 불을 빌리러 왔습니다."

하는 것이었다. 고생은 그녀가 매우 사랑스러워 희롱을 하였는데, 그녀도 또한 거부하는 빛이 없었다.

그녀가 말하였다.

"저는 관계없습니다만, 우리 작은아씨는 절대가인이랍니다. 도련 님을 위해 뜻을 전해 드리면 혹 오실 법도 합니다."

고생은 놀랍고 기뻐 기약을 정하고 그녀를 돌려보냈다.

이튿날 밤에 그녀가 또 와서 말하였다.

"일이 이루어지게 되었으니 이제 기다려 보세요."

고생은 몹시 기뻐하며 배 밖에 나가 서서 기다렸다. 그때는 달이 매우 밝고 경치가 좋았다. 잠시 후에 한 여자가 뒷배에서 처녀아이 와 함께 나왔다. 앞에 다다르자 빛이 사람에게 쏘이고, 향기가 멀리 풍겼다. 고생은 기쁨을 이기지 못하여 앞으로 다가가 맞아 배로 들 어왔다. 그녀의 태도와 광채는 비길 데가 없었다. 이후부터 밤마다 만나 정이 매우 깊어졌다.

한 달쯤 지났을 때 그녀가 고생에게 말하였다.

"은밀한 일을 의논하려고 하는데, 설마 꺼리시지는 않겠죠?"

고생이 대답하였다.

"우리 사이에 어찌 서로 의심할 일이 있겠소? 할 말이 있으면 다 말하시오."

그녀가 이르기를,

"저는 유 장사의 죽은 딸이랍니다. 그러나 마땅히 되살아날 운명 이지요. 벌써 그대와 인연을 맺었으니, 제 말을 듣고 부모님께 자세

히 전하세요. 이제 사흘만 지나면 반드시 살아날 것이니, 관을 열고
제 얼굴을 드러내어 이슬을 맞게 해주시고, 죽을 입에 흘려 넣어
주시면 마땅히 살아날 것입니다."
하였다. 고생은 허락하고, 이튿날 아버지인 고광에게 말하였다. 고
광은 믿기지 않으나 괴이하게 여겨,

　"유 장사께 찾아가 말씀드려라."
하였다. 그 말을 들은 유 장사의 부인이 노하여 이르기를,

　"내 딸은 이제 벌써 썩었을 텐데, 어찌 죽은 사람을 이렇듯이 모
욕하는가?"
하고 완강히 거절하였다.

　밤에 유 장사와 그의 부인이 똑같은 꿈을 꾸었는데, 꿈에 딸이
와서 이르기를,

　"저는 마땅히 다시 살아날 운명입니다. 하늘이 배필을 정해주신

것이므로 부모님께서 기꺼이 들어주시리라 생각했는데, 이제 이렇
듯 막으시는군요. 제가 재생하기를 못하게 하시려는 겁니까?"
하는 것이었다. 그제야 유 장사의 부부가 깨닫고 크게 괴이히 여기
며 관을 열었다. 죽은 딸의 얼굴은 변한 것이 없었고, 차츰 더운
기운이 느껴졌다. 크게 놀라고 기뻐하며 장막을 물가에 치고, 시신
을 꺼내 얼굴에 이슬을 맞히고 낮에는 죽을 먹였다. 부모가 함께
지켰더니 하루가 지난 후에 숨이 점점 되살아났다. 눈을 뜨고 저물
무렵에는 말을 하였는데 예전과 다르지 않았다.

그 계집종에 대해 물으니, 전에 죽은 아이 종으로 배에 함께 관을
얹어 놓았었다. 이에 날을 가려 그곳에서 혼인을 하였는데, 후에 자
식 두어 명을 낳았다.

요생의 세 아이

　당나라 때 감찰어사를 지낸 요생이 벼슬을 그만두고 산서성의 포 땅에서 살았는데, 아들 하나와 누이의 아들인 조카 둘을 데리고 있었다. 나이가 모두 많았으나 성품이 둔하고 재주가 없어 늘 매를 쳐서 가르쳤으나 게으름을 고치지 않았다. 그래서 산서성의 조산 아래 초당을 짓고는 바깥의 일을 그만두게 하고 글만 읽게 하였다. 산중이 깊어 다니는 사람이 없었다. 요생이 경계하기를,

　"달마다 너희들이 익힌 것을 시험해볼 것이다. 글이 나아지지 않으면 매를 면치 못할 것이야."

하였다. 두 조카는 그곳에 들어가서도 게으르기가 예전과 같아, 잡스러운 일만 하고 글공부를 아니 하므로, 요생의 아들이 말하기를,

　"과것날이 다다랐으니 만날 놀지는 못할 것이다."

하고 자신은 매우 부지런히 공부를 하였다.

　어느 날 새벽에 그가 촛불 아래서 책을 펴 보고 있었는데, 문득

뒤에서 옷소매를 당기는 것이 있었다. 점점 더 당기므로 무심결에 옷을 다시 여미고 앉았다. 이렇듯 서너 번을 하다 보니 수상한 생각이 들어 돌아보았다. 그랬더니 조그만 돼지 새끼 같은 것이 옷자락을 깔고 엎드려 있는 것이었다. 그 돼지는 빛이 희고 매우 광택이 있었다. 책상을 들어 치자, 그 돼지는 소리를 지르며 달아났다. 두 형제를 불러 불을 켜고 찾아보았으나, 문은 전처럼 닫혀서 연 적이 없는데도 그것은 간 곳이 없었다.

이튿날 말 탄 사나이 한 사람이 와서 이르기를,

"우리 부인께서 안부를 묻고자 하시오." 하고,

"어젯밤에 부인의 작은 아이가 실수로 그대의 옷소매에 들어간 것을 매우 부끄럽게 생각하오. 그대가 책상으로 쳐서 상하였으나 이제 벌써 나았으니 염려는 마시오."

세 사람은 공손한 말로 사과를 하면서도 그 연고를 알 수가 없었다. 이윽고 말 탄 사람이 그 아이를 안고 왔다. 그들은 다 수놓은 비단옷을 입었는데, 평소에 보지 못하던 것이었다.

그 사내가 부인의 말을 전하기를,

"작은 아이가 벌써 나았으므로 이렇게 보여드리오."
하였다. 그 아이의 얼굴을 보니, 눈 사이로부터 콧마루까지 붉은 실 같은 자국이 있었는데, 책상 모서리로 친 상처 자국이었다.

그가 또 이르기를,

"부인께서 친히 오실 것이오."
하고 떠나갔다.

세 사람은 피하고 싶었으나 어찌할 줄을 모르고 있었다. 이윽고 붉은 도포 입은 사람 20여 명이 우르르 몰려오더니 초당 앞에 이르러 휘장을 치고 자리를 까는 것이었다. 깔아놓은 자리가 빛나고, 기이한 향내가 집안에 가득하였다.

푸른 소가 끄는 붉은 바퀴의 수레가 나타났는데, 빠르기가 바람같았다. 좋은 말 수백 필을 세워서 전후로 모시고 있는 모습이 아주 대단하였다.

문에 다다라 수레를 부렸는데, 한 부인이 들어왔다. 세 사람이 달려 나가 절하자, 부인이 웃으며 말하기를,

"의외로 작은 아이가 여기에 와서 그대에게 상처를 입었네요. 몹시 상한 것은 아닌데 그대가 근심할까 해서 이렇게 와 위로하는 것이오."

하였다.

부인은 나이가 30여 세가량으로 보이고, 얼굴이 단정하여 참으로 선녀 같았다. 그녀가 세 사람에게 물었다.

"그대들은 장가를 들었나요?"

세 사람이 대답하기를,

"아직 가지 못했습니다."

하니, 부인이 말하기를,

"내게 딸이 셋 있는데, 세 군자의 배필로 삼을 만하지요."

하고는 좌우에 명을 내렸다.

"세 군자를 위해 각각의 집을 만들라."

잠시 후 돌아보는 사이에 그림을 그린 화려한 집과 높은 누각이 세워져 있었다.

　이튿날 수레와 시녀들이 들어오는데, 빛나고 거룩함이 인간 세상의 것 같지 않았다. 세 미인이 수레에서 내리는데, 당시 나이가 17세가량 되어 보였다.

　부인이 세 딸을 인도하여,

　"마루 위로 올라라."

하고, 또 세 사람을 맞아 자리에 앉히고 음식과 술을 먹였는데, 인간 세상에서는 알 수 없는 것들이었다.

　부인이 세 딸을 가리키며 말하였다.

　"너희들 하나하나 이 군자들의 배필이 되거라."

　세 사람이 자리를 피하여 사례하였다. 그날 저녁에 혼인을 하고 나서 부인이 말하였다.

　"사람이 소중하게 여기는 것은 생존하는 것이요, 하고자 하는 것은 부귀해지는 것일세. 그대들이 이 일을 남에게 누설하지 않으면, 그대들로 하여금 장수하고 벼슬이 신하 가운데 가장 높은 자리에 오르도록 해주겠네."

　세 사람이 다시 사례하고 재주가 없는 것을 근심하니, 부인이 이르기를,

　"그대들은 근심하지 말게. 그건 쉬운 일이야."

하고 지상의 일을 주관하는 관리를 불러 공자를 부르라고 하였다.

　조금 뒤에 공자가 이르렀는데, 부인이 섬돌에 내려서자 공자는

매우 공손히 절하였다.

부인이 위로하고 말하였다.

"나의 세 사위가 글을 배우고자 하니, 그대가 인도해 주세요."

공자는 곧 세 사람을 불러 6경의 대강을 가르쳤는데, 다들 대의를 통하여 전에 익힌 듯하였다.

공자가 하직하고 나가니, 부인은 또 강태공에게 명하여 비결을 가르치게 하였다. 세 사람이 또 다 알게 되었다. 다시 앉아 말을 해보니, 세 사람 다 문무의 재주를 갖추었고, 글이 하늘과 인간 세상에 사무치게 되었다.

그 후에 요생이 집안의 종을 통해 양식을 보냈는데, 그 종이 양식을 가져갔다가 크게 놀라서 돌아왔다. 요생이 그 연고를 묻자, 종은 그 집의 대단함과 인물이 변화한 것을 말하였다. 요생이 놀라 이르기를,

"틀림없이 산속의 요귀에게 홀렸구나."

하고 세 사람을 불러오게 하였다.

세 사람이 나올 때 부인이 경계하기를,

"삼가 누설하지 말고, 비록 고생스러움이 있을지라도 발설하지 말라."

하였다.

세 사람이 돌아왔는데 보니 풍채가 빼어나고 하는 말이 아담하였다. 요생이 이르기를,

"이 아이들이 모르는 사이에 귀신이 들렸구나."

하고 그 연고를 물었으나 세 사람은 말하지 않는 것이었다. 그로 인해 매를 때리니 20여 대에 이르자 아픔을 이기지 못하여 자초지 종을 자세히 말하고 말았다.

　요생은 즉시 세 사람을 뒷방에 가두었다.

　요생이 한 기특한 선비를 집에 두었는데, 그에게 이 말을 하였더 니 그가 놀라 이르기를,

　"매우 기이한 일이로군요. 그런데 그대는 어찌하여 그 아이들을 때리셨소? 그 일을 누설하지 않았던들 그들은 아주 높은 신하가 되 었을 텐데, 이제 벌써 누설하고 말았으니 운명이로군요."
하는 것이었다. 요생이 그 연고를 물으니 그 선비가 이르기를,

　"내가 보니, 직녀성, 무녀성, 수녀성 등 세 별이 다 빛을 잃었더군 요. 이 별들이 인간 세상에 내려와 그대 집의 세 아이에게 복을 내리 려고 했던 것이지요. 이제 천기를 누설하였으니 화를 면하는 것만도

다행이지요."

하고 요생을 인도하여 세 별을 가리키는데, 과연 빛이 없었다. 요생이 세 사람을 급히 놓아 보내니, 세 아내가 그들을 알지 못하는 듯 하였다. 부인이 세 사람을 꾸짖기를,

"그대들이 내 말을 듣지 않고 천기를 누설하였으니 이에 마땅히 헤어져야겠네."

하고 어떤 차를 달여 마시게 하였다. 세 사람이 그 차를 마시자, 둔한 것이 예전과 같고 한 가지 일도 아는 것이 없게 되었다.

그 선비가 요생에게 이르기를,

"세 선녀가 아직도 인간 세상에 있는데 이곳에서 멀지 않은 곳이요."

하고 친한 사람에게 은밀하게 그곳을 가르쳐주었는데, 어떤 이가 이르기를,

"장가진의 집이다."

하였는데, 그 후 그 집에서 장수와 재상이 3대에 걸쳐 나왔다.

밀가루를 먹는 벌레

강소성 오군 땅의 육옹은 장성에서 살았는데, 대대로 과거에 급제하여 벼슬해왔다. 육옹은 젊어서부터 밀가루 음식 먹는 것을 가장 좋아하였는데, 많이 먹을수록 몸이 더욱 야위는 것이었다. 장성한 후에 초시에 급제하여 대과를 치르러 예부에 왔다가 과거에 낙방하고는 태학생이 되었다. 그 후 두어 달 만에 오랑캐 두어 사람이 술과 음식을 가지고 와서 육옹에게 말하였다.

"우리는 남월 땅 사람들로 오랑캐의 땅에서 태어나 자랐소. 당나라 천자께서 천하의 영준한 사람들을 모아 글로써 사방의 오랑캐들을 감화하신다는 말을 듣고, 우리는 바다를 배로 건너고 산에 다리를 놓아 넘어 중원에 와서 태학 문물의 성한 모습을 보고자 하오. 그대는 높은 관을 쓰고 너른 옷을 입었으며 얼굴이 단정하고 거동이 엄숙한 것이 진정 당 왕조의 선비로 보이오. 그러므로 우리는 그대와 더불어 사귀고 싶소."

육옹이 사례하기를,

"나는 요행이 이름을 태학에 걸고 있을 뿐, 별다른 재능이 없는데, 그대들은 무슨 일로 나를 이토록 깊이 아껴주는 것이오?"

하고, 서로 더불어 잔치를 벌여 취하도록 먹고 즐기다가 파하고 떠나갔다. 육옹은 미더운 선비였으므로 오랑캐들이 자신을 속이지는 않을 것이라고 여겼다. 10여 일이 지난 뒤에 그들 모두가 금과 비단을 가지고 와서는 육옹을 위하여 헌수를 하므로, 육옹은 그제야 다른 뜻이 있는 것이 아닌가 의심하여 구태여 거절하자 그들이 이르기를,

"그대가 나그네로 서울에 와서 춥고 배고픈 빛이 있는 까닭에 금과 비단을 가져와서 그대의 종이나 말을 먹일 값이나 하게 하려는 것이오. 그대와 깊이 사귀려는 것일 뿐, 다른 뜻은 없으니 의심하지 마시오."

하였다. 육옹은 부득이하여 비단과 금을 받고 말았다. 그들이 돌아간 후에 태학의 동료 유생들이 모두들 와서 육옹에게 말하기를,

"저 오랑캐란 것들은 이득을 좋아하여 제 몸을 돌아보지 않고, 소금과 나물 같은 사소한 것만 다투다가도 서로 죽이는 자들일세. 그런 자들이 어찌 금과 비단을 버려서까지 그대를 위해 헌수할 리가 있겠는가? 또한 태학의 제생이 자네만이 아니라 매우 많은데도 유독 자네만 후대하겠는가? 이것은 반드시 일이 있는 것이니, 자네는 마땅히 교외로 가서 몸을 숨겨 그들이 다시 찾아오는 것을 피해 보게나."

하였다. 육옹은 섬서성의 위수 가에 가서 남의 집을 빌려 들고는 문을 닫고 바깥출입을 하지 않았다. 겨우 한 달 남짓하여 여러 오랑캐들이 그가 사는 집으로 찾아오자, 육옹은 깜짝 놀랐다. 그들은 크게 기뻐하며 말하기를,

"지난 번 그대가 태학에 있을 때는 번거로워 우리가 하고 싶은 말을 다 못하였는데 이제 그대가 교외에 와 있으니 바로 우리의 생각과 같소."

하였다. 그들은 자리하고 앉은 뒤에 육옹의 손을 잡고 말하였다.

"우리들이 온 일은 우연이 아니라오. 그대에게 구하고자 하는 일이 있으니, 그대가 부디 허락해주기를 바라오."

육옹이,

"삼가 말씀하신 대로 하겠소."

하자, 그들은,

"그대는 밀가루 먹는 것을 좋아하시오?"

하고 물었다. 육옹이,

"그렇소."

하니, 그들은,

"밀가루를 먹는 것은 그대가 아니라 뱃속에 있는 한 마리 벌레라오. 우리가 이제 쌀알만 한 약을 그대에게 드리려고 하오. 그 약을 먹으면 그 벌레를 토해낼 것이오. 그러면 우리가 좋은 값을 그대에게 드리고 바꾸어 가고자 하는데, 그리하시겠소?"

하였다. 육옹이 대답하였다.

"진실로 그런 벌레가 있을 것 같으면 어찌 그리 아니하겠소?"

이윽고 그들이 쌀알만 한 약 한 알을 내어주는데, 자줏빛 광채가 나는 것이었다. 육옹이 그 약을 삼키자 이윽고 벌레 한 마리를 토해냈다. 길이가 두 치 남짓하였는데, 빛이 희고 생김새가 개구리 같았다.

그들이 말하였다.

"이것은 이름을 밀가루를 먹는다고 하여 '식면충'이라고 하는데, 실로 천하의 기이한 보배라오."

육옹이 물었다.

"어찌 아시오?"

그들은,

"우리가 매번 아침마다 보면, 하늘에 뻗치는 보배의 기운이 태학 가운데 있었지요. 우리는 그 기운을 따라 그대를 만나러 갔던 것이오. 한 달 남짓 지난 후 아침에 바라보니, 그 기운이 위수 가로 옮겨 갔는데, 과연 그대가 여기로 옮겨왔더군요. 이 벌레는 천하의 조화로운 기운을 타고 나서 된 까닭에 밀가루 먹는 것을 좋아하는 것이라오. 밀이란 것은 가을에 심어서 이듬해 여름에 여물기 때문에, 천지의 사철 온 기운을 타고 나는 까닭에 그 맛을 즐겨하는 것이지요. 그대가 마땅히 밀가루를 먹여보면 알게 될 것이오."

하였다. 육옹이 즉시 한 말 남짓한 밀가루를 그 앞에 놓으니, 그 벌레가 즉시 다 먹어치웠다.

육옹이 물었다.

"이 벌레를 어디에 쓰는 것이오?"

그들이 대답하기를,

"천하의 보배는 다 중화의 기운을 타고 나는 것이오. 이 벌레는 중화의 정기를 타고 났으니, 이것을 가지고 있으면 그 나머지 보배야 얻기가 어렵지 않을 것이오."

하고 대통에 그 벌레를 넣고 금합에 담아서 잠근 뒤 육옹에게 맡기며,

"자는 데다 두시오."

하고 육옹에게 이르기를,

"내일 다시 오겠소."

하였다.

이튿날 아침에 오랑캐들이 열 대의 수레에 금옥과 비단을 가득 차게 실어왔는데, 거의 수만 냥의 값이 나가는 것이었다. 그들은 그것을 육옹에게 바치고 금합을 가져갔다.

그 뒤로 육옹은 큰 부자가 되어 농사지을 땅이며 집을 엄청나게 장만하여 기구를 갖추었다. 날로 좋은 음식을 먹고 고운 옷을 입고 장안에서 놀며 다니니, 그 당시 사람들이 다들 호사자라고 일컬었다.

한 해 남짓 지나서 오랑캐들이 또 찾아와 육옹에게 말하였다.

"그대는 우리를 따라 바다에 가서 놀지 않겠소? 우리는 바다 속의 기이한 보배를 얻어 와서 천하에 자랑하고자 하는데, 그대는 기이한 것을 좋아하는 선비가 아니오?"

육옹은 즉시 그들과 함께 바닷가로 갔다. 그들은 그곳에 집을 짓고 살고 있었다. 은 솥에 기름을 붓고 불을 때면서, 그 벌레를 솥에 던져 넣고 이레 동안 지지며 불을 끄지 않았다.

문득 머리를 두 갈래로 갈라서 틀어 매고 푸른 옷을 입은 한 선동이 바다 속에서 나와 백옥 쟁반에 한 치 남짓한 진주를 많이 담아다가 오랑캐에게 바치는 것이었다. 오랑캐가 크게 소리를 질러 꾸짖자, 그 아이는 두려워서 쟁반을 받들고 바다 속으로 들어갔다. 밥 한 그릇 먹을 시간쯤이 지나서 또 비단옷을 입고 옥 귀고리를 단, 자태가 매우 고운 한 옥녀가 바다 속에서 나와 붉은 옥쟁반에 큰 진주 20개를 가져와 오랑캐에게 바쳤다. 그들이 또 꾸짖으니, 옥녀는 쟁반을 받들고 바다 속으로 들어가 버렸다. 이윽고 한 선인이 푸른 옥으로 꾸민 갓을 쓰고 붉은 안개 같은 옷을 입고, 붉은 보자기를 쟁반에 깔고 진주 하나를 담아 오는데, 진주의 크기가 두 치가 넘고 기이한 빛이 공중에 퍼져 수십 보 밖에서도 눈부신 것을 오랑캐에게 바쳤다. 그들은 그제야

"지극한 보배를 얻었다."

하고 즉시 불 때던 것을 그치고 벌레를 솥에서 꺼내어 금합에 담았다. 그 벌레는 비록 지지기를 오래 하였으나 뛰놀기를 처음 같이 하였다. 오랑캐가 그 진주를 입에 머금고 육옹에게 말하였다.

"그대는 우리를 따라 바다 속으로 들어가면 되니 두려운 생각을 하지 마시오."

육옹은 즉시 오랑캐의 허리띠를 잡고 들어갔는데, 바다길이 훤히 열리고 10보 밖에서 온갖 물고기들이 피하여 달아났다. 그들은 용궁에 들어가서 보배로운 구슬이며 기이한 보화를 한껏 가져왔는데, 하룻저녁에 얻은 것이 매우 많았다. 그들이 육옹에게 이르기를,

"이것이면 가히 억만 금이나 되는 보배에 이를 것이오."

하고 또 그들이 얻은 보배 가운데 두어 가지를 육옹에게 주었다. 육옹은 그것들을 남월 땅에 가서 팔아 금을 1천근이나 얻었다. 이때부터 육옹은 더욱 부유해져서 그 보화를 가지고 마침내 벼슬을 하지 않고 복건성의 민월 땅에서 늙어죽었다.

횡재 끝에 몰락한 후휼

수나라 초엽이었다. 사천성 성도에 효렴으로 관리가 된 후휼이라는 사람이 있었다. 그가 성 안에 들어와 검문이라는 곳에 이르러 문득 보니, 크기가 큼직한 돌 넷이 있었다. 모두 사면이 반듯하고 고왔다. 후휼은 사랑스럽게 여겨 그 돌을 주워서 책을 넣는 상자에 넣어 나귀에 싣고 집으로 향하였다. 집에 돌아와 꺼내보니 다 변하여 황금이 되었으므로, 후휼은 크게 괴이하게 여기면서도 또한 기뻤다.

이튿날 저자에 가서 그 돌을 팔았더니 그 값으로 백만금이나 받을 수 있었다. 그 돈으로 큰 집을 사고, 성 밖에 좋은 전답과 정자를 많이 사고, 또 미인 열 명을 사서 가장 부유하게 살았다.

하루는 봄 경치가 좋아서 술과 안주를 많이 장만하고, 미인 열 명을 다 데리고 나갔다. 이미 잔치를 차려놓고 모두 음식을 먹으려 하는데, 문득 한 노인이 싸리로 엮은 큰 상자를 지고 와서 잔치자리

에 앉는 것이었다. 후휼이 크게 노하여 종들을 꾸짖어 그들로 하여
금 노옹을 내쫓으라고 하였다. 그런데 그 노인은 움직이지도 않고
노한 빛도 없이 그저 앉아서 음식을 먹고 술을 부어 마시며 웃기만
하였다. 후휼이 더욱 노하여 손수 밀쳤더니 그 노인이 이르기를,

"그대는 내 빚을 쓰면서 어찌 오늘은 잔술을 이리 아끼며 나를
도리어 욕하는가?"

하였다. 후휼이 괴이하게 여겨 그 연고를 따져 물으니 노인이 말하
기를,

"지난번 그대가 내 금을 많이 쓰고서 벌써 잊었는가?"

하고 일어나 눈을 부릅뜨고 꾸짖으니 좌우 사람들이 다 쓰러졌다.
노인이 싸리 상자를 열고 열 명의 미인을 다 주워 넣었으나 상자
속이 좁지 않았다.

노인이 상자를 지고 달아나므로, 후휼이 깜짝 놀라 날쌘 종으로

하여금 급히 따라가라 하였다. 그 노인의 빠르기가 새가 나는 듯하여 종이 따라잡지 못하니, 후휼은 놀랍고 두려워 집에 돌아와 병들어 누웠더니 오랜 후에야 나았다.

이후로는 가계가 점점 빈곤해져서 두어 해 지나니 그 가난함이 더욱 심해졌다. 그 후 10여 년 만에 검문에 이르렀는데, 길에 한 노인이 많은 미인들을 데리고 가고 있었다. 후휼이 다가가 보니, 그 노인은 싸리 상자를 지고 간 사람이었고 그 미인들은 다 자신의 첩들이었다. 그 노인이 후휼을 보고는 손뼉을 치며 껄껄 웃었다. 후휼이 분하고 원망스러워 첩들을 데리고 간 까닭을 물었으나, 노인은 대답을 하지 않았다. 후휼이 다가가 노인을 들이치려 하니, 노인은 문득 사라지고 없었다. 후휼이 매우 괴이하게 여겨 그 마을 사람에게 그 노인에 관해 물어보았으나, 다들 알지 못하였다.

처음에 얻었던 돌은 생금이었고, 그 노인은 금의 정령이었던 것이다. 그 후로는 노인을 다시 보지 못하였다.

수은의 정령을 만난 여생

당나라 대종 때에 여생이라는 사람이 있었다. 그는 벼슬을 구하려고 장안에 올라와 영숭리라는 마을에 집을 빌려 있었다.

하루는 벗 두어 사람과 더불어 술을 마시며 놀다가 친구들이 흩어져 가므로 잠이나 자려고 하였다. 이윽고 얼굴이 희고 입은 옷도 깨끗하며 키가 두 자쯤 되는 한 할미가 집 북쪽 모퉁이에서 나와 천천히 걸어오는데, 그 얼굴이 괴이하였다. 그 할미가 점점 다가와 평상 밑에 다다라 이르기를,

"그대와 연분이 있는데 어찌 나를 이렇듯 야박하게 대접하는가?"

하였다. 여생이 꾸짖으니, 할미는 물러가 북쪽 모퉁이에 이르러서는 보이지 않았다. 여생은 놀랍고 괴이하게 여겼으나, 할미의 정체를 알 수가 없었다.

이튿날, 여생이 홀로 그 집에서 자는데 또 그 할미가 북쪽 모퉁이에서 나오는 것이었다. 여생이 꾸짖으니 도로 달아나는 듯하였는데,

여생이 잠잠해지면 문득 나와 두려워하는 듯도 하고 겁을 먹은 듯도 하다가 이윽고 사라지고 없었다.

이튿날 여생이 스스로 이르기를,

"이것은 반드시 요괴일 것이니 오늘 저녁에 또 오면 어찌할까? 이것을 없애지 않으면 내 근심이 될 것이야."

하고 환도를 가져다가 곁에 놓았다.

이 날 밤 그 할미가 또 북쪽 모퉁이에서 나와 천천히 걸어오되 낯빛을 변치 않고 상 밑에 다가왔다. 여생이 환도를 가지고 치니, 그 할미가 문득 상으로 치달아 어깨로 여생을 덮쳤다. 여생은 온 몸이 서늘하여 서리와 눈을 맞은 듯하였다. 여생이 또 환도로 치니 맞을 때마다 그 할미가 깨져 사납이 되어 두루 거닐며 춤을 추는 것이었다. 여생은 놀랍고 두려운 나머지 벌떡 일어나 온 힘을 다하여 할미를 쳤다. 그런데 할미가 맞을 때마다 깨져 사람이 되니, 그 수가 여남은 이나 되었다. 키는 한 치씩 되고, 얼굴은 다 같았다. 그것들이 급히 달아나 숨거늘, 여생이 더욱 두려워하고 있는데, 그것들이 또 나와 그 중의 한 할미가 여생에게 이르기를,

"내가 장차 합하여 하나가 될 테니 그대는 보라."

하고 말을 마치더니 서로 바라보며 상 앞으로 달려와 합하여 한 할미가 되니, 처음에 보던 할미와 똑같았다. 여생이 심히 두려워 이르기를,

"너는 어떤 요괴이기에 감히 이렇듯이 사람을 보채는 것이냐? 너는 빨리 가라. 그렇지 않으면 내가 술사를 구하여 장차 신기한 술법

으로 너를 제어할 텐데, 네가 어찌 능히 살겠는가?"

하자, 그 할미가 이르기를,

"그대의 말이 지나치구나. 만일 술사가 있으면 내가 보기를 원하노라. 내가 온 것은 그대를 희롱함이요, 감히 해치려 함이 아니다. 그대는 두려워 말라. 나 또한 집으로 돌아가리라."

하고 말을 마치며 드디어 물러나 북쪽 모퉁이로 들어갔다.

이튿날, 여생이 이 일을 남들에게 말하였다. 전씨라는 사람이 부적 쓰는 것을 잘하여 요괴를 능히 없앴는데, 이 말을 듣고 기뻐하며 이르기를,

"그건 내가 할 일이구려. 그걸 없애는 것은 손톱으로 개미를 밀치는 것과 같소. 오늘 저녁에 당당히 갈 것이니, 그대는 먼저 돌아가 기다리시오."

하였다.

그 날 밤에 여생이 전씨와 더불어 집에 앉아 있는데, 오래지 않아 과연 그 할미가 와서 상 앞에 다다랐다. 전씨가 꾸짖기를,

"요괴는 썩 꺼져라!"

하였다. 그것이 두려운 빛을 잠깐 띠고는 좌우를 돌아보지 않으며 왕래하기를 오래 하더니 전씨더러 말하기를,

"내가 알 바가 아니지!"

하고 그 할미가 문득 그 손을 휘두르니, 손이 떨어져 또 한 할미가 되었는데 심히 작았다. 상에 뛰어올라 전생의 입 안으로 들이 달려가니 전생이 놀라 소리치기를,

"내가 죽을 것이다!"

하였다. 그 할미가 여생에게 이르기를,

"그대더러 이르기를 해롭지 않을 것이라 하였거늘, 그대가 믿지 않고 전생을 청하여 왔는데, 전생의 일이 어떠하여 보이는가? 그러나 장차 그대는 부유하게 되리라."

하고 말을 마치며 또 갔다.

그 후에 어떤 사람이 여생에게 이르기를,

"북쪽 모퉁이를 파보라."

하므로, 여생이 문득 깨닫고 종에게 명하여 그곳을 파보니 한 길이 못 되어 독 하나가 있었다. 그 독을 열어보니, 수은이 가득 담겨 있었다. 여생은 그제야 그 할미가 수은의 정령이라는 것을 깨닫게 되었다. 전씨는 마침내 죽을병이 들어 죽고, 여생은 수은을 팔아 부유하게 살았다.

월지국의 진상품

    중국 전한 무제 때였다. 어느 봄날 무제가 감숙성에 있는 안정이라는 곳에 행차하였다. 그때 서역 중앙아시아에 있는 월지국의 임금이 사자를 보내 향 4냥을 진상하였다. 그 크기는 새알만 하고, 검기는 오디 같았다.

    무제는 진상품이 작은 것이라 별 관심이 없이 담당자에게 맡겨 바깥 곳간에 갈무리하게 하였다. 그 후에 월지국에서 또 모진 짐승 하나를 진상하였는데, 그 머리는 50일쯤 자란 개만 하고, 크기는 살쾡이만하며, 그 털은 누런색이었다. 그 나라 사신이 무제에게 드리려 하자, 무제는 친히 나가 받으려고 하였다. 사자가 그 짐승을 안고 들어오는데, 털이 빠지고 살이 여위어 몹시 불쌍하게 보였다. 무제는 그 조공품이 마땅치 않고 싫어서 사자에게 말하기를,

    "이 조그만 것을 어이 맹수라고 이르는가?"

하니, 사자가 대답하였다.

　"위엄이 백 가지 짐승보다 더하므로 구태여 그 크고 작음을 견주어 따질 필요가 없습니다. 그런 까닭에 신령스러운 기린이 가장 작아도 큰 코끼리가 두려워하고, 봉황이 크지 아니하여도 붕새보다 위에 있는 것이니, 이것으로 보건대 크고 작음에 있는 것이 아닌가 합니다. 신의 나라가 여기서 가자면 30만 리나 됩니다. 동풍을 점쳐 보니, 온화한 봄바람이 불어 천 일을 그치지 아니하며, 푸른 구름이 연하여 달포가 되어도 흩어지지 아니하니, 중국에 장차 도를 좋게 여기는 임금이 있는가 하여, 우리 왕께서 중국을 우러러 도를 사모하셨습니다. 저의 나라 풍속이 금과 옥을 천하게 여기고 신령스러운 것을 귀하게 여기는 까닭에, 기특한 것을 구하여 신기로운 향을 얻고, 신령스러운 숲인 천림의 맹수를 청하여 3천 리나 되는 약수를 건너며, 모래바람이 부는 사막을 지나 험난한 길을 갖은 고생을 하며 온 지 이제 13년이 되었습니다. 신기한 향은 일찍 죽는 사람의 병을 고치고, 모진 짐승은 백 가지 요괴들을 물리칠 수 있습니다. 이 두 가지 것은 모든 백성들을 건져낼 것이니, 지극한 교화를 도와 태평에 이를 것입니다. 그런데 폐하께서 귀한 것을 알아보지 못하신다는 것을 어찌 알았겠습니까? 이는 신의 나라에서 바람으로 점치는 것을 잘못한 것입니다. 오늘 폐하를 우러러보니, 천자의 도가 있는 임금이 아니십니다. 눈으로 보는 것을 많이 함은 탐욕한 마음이 있는 것이고, 입으로 말을 많이 함은 어려운 것을 범함이 있는 것이며, 몸의 움직임이 많으면 사나움이 있고, 마음에 마디가 많으면 사치함이 있을 것이니, 이 네 가지 많은 것으로써 천하를 잘 다스릴 사람은 없을 것입니다."

무제는 잠잠히 있었으나 편치 않아 하더니 사자더러 이르기를,

"맹수로 하여금 소리를 내게 하면 내 시험 삼아 들으리라."

하였다. 사자가 그 짐승을 가리키며 소리를 내라고 하자, 그 짐승이 혀로 입술 핥기를 오래 하다가 문득 한 소리를 내니, 그 거룩함이 우레와 벽력소리 같았다. 또 두 눈을 부릅뜨니 번개 같은 불빛이 일어나 오랜 뒤에야 그쳤다.

무제가 그 소리와 눈빛을 보고는 즉시 엎어져서 귀를 감싸고 떨며 능히 그치지 못하였다. 무제를 모시고 온 무사들도 다 놀라 잡고 있던 병기들을 놓아 버렸다. 무제는 몹시 싫은 듯 그 짐승을 황궁의 동산인 상림원에 가져다가 범에게 먹이로 주라고 하였다. 범에게 주니, 범들이 보고 서로 모두 엎드려서 가장 두려워하는 것이었다.

무제는 사자의 말이 불순한 것에 노하여 죄를 주고자 하였다. 이

튿날 사자와 짐승이 다 달아났는데 간 곳을 알 수 없었다.

그 뒤, 장안에 전염병이 크게 퍼져 죽은 자가 반이 넘었다. 무제는 월지국에서 보내온 신향을 가져다가 성중에 피웠다. 죽은 지 3일이 못된 사람은 다 도로 살아났고, 향내가 석 달이 지나도록 없어지지 않았다. 무제는 그제야 그것이 귀한 향인 것을 알고 그 남은 것을 싸서 간수하고 있었는데, 어느 날 내어 보니 상자와 봉한 곳은 그대로였으나 향은 사라지고 없었다.

이 향은 신선들이 산다는 취굴주와 월지국의 인조산에서 나는 것이다. 그 향나무 뿌리를 옥으로 만든 가마솥에 고아 즙을 내어 만드는데, 그 이름이 여섯 가지다. 이 향은 참으로 신령스러운 물건이었다.

판교 삼낭자

당나라 때 하남성의 변주라는 고을 서쪽에 판교점이라는 주막이 있었다. 그 주막의 주인은 삼낭자라고 하는 사람으로, 어디서 왔는지 알 수 없었다. 홀로 산 지 30여 년이 되었으나 한 사람도 친척이라고 하는 사람이 없었다. 집 두어 칸을 짓고 음식을 팔아 생계를 꾸렸다. 그러나 그녀의 주막은 부유하여 나귀와 노새가 매우 많이 있었다. 공적 혹은 사적인 일로 다니는 사람들이 수레에 맬 노새가 없으면, 삼낭자는 문득 세를 적게 하여 주었다. 사람들은 모두들 그녀에게 도리가 있다고 하였다. 이 때문에 멀리, 가까이 다니는 사람들이 그 주막에 많이 묵었다.

당나라 헌종 때 하남성 허주 땅의 조계화라는 사람이 장차 동쪽으로 향하다가 이 주막에 묵게 되었다. 먼저 도착한 손님 예닐곱 사람이 조그만 평상에 기대 앉아 있었다. 계화는 들어가 주막 주인의 방 옆에 있는 평상에 의지하여 앉아 있었다.

이윽고 삼낭자가 모든 손님들에게 매우 후하게 음식 대접을 하였다. 밤이 깊어진 후에는 술을 가져다가 모든 손님들과 더불어 마셨다. 계화는 본디 술을 못 먹었으므로 다만 말만 하였다. 2경쯤 되어 손님들은 다 취하여 자리에 누웠고, 삼낭자는 자기 방으로 돌아가 문을 닫고 불을 껐다.

사람들은 잠이 깊이 들었으나, 계화는 홀로 깨어 있었다. 문득 바람벽 사이로 들으니, 삼낭자가 그릇을 다루어 무엇을 움직이는 듯한 소리가 들렸다. 그가 우연히 틈으로 엿보니, 문득 삼낭자가 촛불을 밝히고 상자에서 조그만 쟁기를 꺼내 놓는 것이었다. 그러고는 나무로 깎은 소 한 마리와 사람을 꺼냈다. 그것들은 각각 키가 예닐곱 치씩 되는 것이었다. 그것을 가져다가 부엌 앞에 놓고 물을 뿜으니, 나무 소와 나무 사람이 문득 일어나 달리는 것이었다. 그 나무 사람이 소를 이끌어 쟁기를 메게 한 뒤 상 앞의 돗자리 하나 크기의 땅을 다 갈았다.

또 상자 속에서 메밀 씨 한 줌을 꺼내 작은 아이에게 주어 심으니 잠깐 사이에 꽃이 피어 메밀이 일시에 익는 것이었다. 작은 사람으로 하여금 메밀을 베어 비비게 하니 예닐곱 되가량 되었다. 삼낭자는 그것을 맷돌에 갈아놓고, 나무 사람과 쟁기를 도로 상자에 넣었다. 간 메밀로 떡 두어 개를 만들어 구워 놓았다.

얼마 뒤에 닭이 울고 손님들이 다 가려 하였다. 삼낭자가 먼저 일어나 불을 켜고 구운 떡을 밥상 위에 놓아 손님들이 먹게 하였다. 계화는 마음이 움직여 먼저 하직하고 문을 열고 나와 가만히 숨어서

엿보았다. 모든 손님들이 앉아서 떡을 먹더니 일시에 엎어져 나귀 소리를 하며 잠깐 사이에 변하여 다 나귀가 되는 것이었다. 삼낭자는 나귀를 몰아 주막 뒤에 들여놓고 그들의 재물을 다 빼앗았다.

계화는 남들에게 그 사실을 말하지 않고, 마음속으로 어느덧 그 재주를 사모하게 되었다. 두어 달가량 지난 후에 계화가 또 동쪽으로 가다가 판교점에 다다랐다. 그는 미리 메밀떡을 만들어 가지고 왔는데, 체제와 크기를 전에 본 것과 같이 해 가지고 와 점막에 들었다. 삼낭자가 보고 기뻐하기를 처음과 같이 하였다. 그날 저녁에는 다른 손님이 없었다. 주인이 매우 후하게 대접하며 밤이 깊도록 은근히 대하다가 갈 일을 물었다. 계화가 이르기를,

"새벽이 되면 갈 것이니 음식을 준비해 주시오."

하였다. 삼낭자가 이르기를,

"염려 말고 잘 주무세요."

하였다. 밤중이 되어 계화가 엿보니 전에 하던 일과 꼭 같이 하는 것이었다. 날이 밝아오자 삼낭자는 소반에 음식과 구운 떡 두어 개를 담아 놓고 다른 것을 가지러 들어갔다. 계화가 급히 내려와 먼저 가져왔던 떡 하나를 바꾸어 놓으니, 삼낭자는 눈치를 채지 못하였다. 계화가 그 음식을 먹으려 하다가 삼낭자더러 이르기를,

"마침 나도 떡을 가져 왔으니, 청컨대 이것을 가져다가 후에 다른 손님을 먹이시오."

하고 즉시 바꾼 떡을 먹었다. 삼낭자가 또 차를 가져와 마시라고 하자, 계화가 말하였다.

"청컨대 주인도 내가 가져온 떡 한 조각을 맛보시오."

하고 바꾸어 두었던 삼낭자의 떡을 주었다. 그 떡을 받아먹더니 삼낭자는 땅에 비비적대고 나귀 소리를 하며 즉시 변하여 매우 크고 실한 나귀가 되었다. 계화가 즉시 타고 나가며 그 나무 소와 나무 사람을 가져다가 시험해 보았으나, 그 술법을 몰라서 되지 않았다. 계화는 그 나귀를 타고 백리씩 두루 다녔다.

그 후, 4년 만에 함곡관에 들어가 화악묘당에 이르렀다. 동쪽으로 5, 6리가량 가니, 길가에서 문득 한 늙은 사람이 손뼉을 치며 말하였다.

"판교 삼낭자가 어찌 저 얼굴이 되었는가?"

하고는 나귀를 잡고 계화에게 말하였다.

"저것이 비록 허물이 있으나 그대를 만나 이렇듯이 되었으니 가엾구려. 청컨대 이제부터 놓아주는 것을 허락하시오."

하고 나귀의 코와 입을 깨뜨리니 터지면서 삼낭자가 가죽 속에서 뛰쳐나왔다. 완연히 예전의 몸이었다. 그녀는 늙은이를 향하여 절을 하더니 달아났다. 그 후로 다시는 그녀가 간 곳을 알지 못하였다.

서덕언과 낙창공주의 파경

　중국 남북조시대 남조의 마지막 왕조인 진나라 때였다. 태자를 보살피는 직책인 사인 벼슬을 하던 서덕언의 아내는 진나라 마지막 임금인 후주의 누이인 낙창공주였다. 그녀는 경국지색으로 자색이 으뜸으로 빼어났다.

　그 무렵 진나라 정사가 어지러워지자, 덕언이 제 아내를 끝내 보호하지 못할까 걱정되어 아내와 언약하였다.

　"그대의 재주와 용모로 보아 나라가 망하면 반드시 권세 있는 집으로 들어가게 될 것이니, 이제 그만 헤어집시다. 만일 우리 사이의 정과 인연이 끊어지지 않는다면 서로 다시 만날 것을 바라는 것이 어떻겠소? 마땅히 믿음을 가집시다."

하고는 거울을 깨뜨려 절반을 가지고 이르기를,

　"후일 반드시 정월 대보름날 도성에 와서 이 거울을 팔 것이니, 이 거울을 사는 것으로 기약하고 찾으시오." 하였다.

진나라가 망하기에 이르자, 낙창공주는 과연 수나라의 월공 양소의 집에 들어가게 되었다. 그녀에 대한 양소의 총애가 비길 데가 없었다.

덕언은 이곳저곳을 고생스럽게 떠돌아다니다가 가까스로 서울에 올라왔다.

정월 대보름날, 도성의 저자거리에서 깨진 거울을 구하는 사람이 있었다. 그가 원하는 거울이면 값을 많이 주겠다고 하니, 웃지 않는 사람이 없었다. 덕언은 거울을 사려는 그 사람을 제 집으로 데려와 사설을 자세히 이르고 자신이 가지고 있던 거울 반쪽을 내어주며 다음과 같은 글을 지어 주었다.

> 거울이 사람과 함께 떠났는데,
> 거울은 돌아왔으나 사람은 돌아오지 않는구나.
> 다시는 아름다운이의 그림자가 없어,

속절없이 밝은 달빛만 거울 속에 머물렀네.

    낙창공주는 덕언의 거울과 글을 보고 흐느껴 울며 음식을 입에
대지 않았다. 양소가 그 사실을 알고 불쌍히 여기며 덕언을 불러
그의 아내를 돌려보내고 살림살이와 연장 등을 많이 주었다. 그 사
연을 듣고 감탄하지 않는 사람이 없었다.
    덕언이 아내와 더불어 술을 마시다가 그녀에게 글을 지으라고
하니 다음과 같은 글을 지었다.

    오늘은 어디로 옮겨갈까나?
    새 사람에게, 아니면 옛 사람에게.
    웃을 수도 울 수도 없으니,
    이제야 사람 노릇 하기 어려운 줄을 알겠네.

    덕언은 마침내 아내와 더불어 강남으로 돌아가 늙어 죽을 때까지
함께 살았다.

곤륜노 마륵

당나라 대종 때에 최생이라 하는 사람이 있었다. 그의 아버지는 그 당시 으뜸가는 재상과 극히 친하게 지냈다. 아버지가 최생에게 그 재상의 집에 가서 문병을 하라고 하여, 최생은 그 재상의 집으로 갔다.

최생은 한창 젊은 나이라, 용모가 옥과 같고 다정한 성품에 말이나 태도가 청아하였다.

재상이 계집종을 시켜 최생을 부르므로, 최생이 들어가 아버지의 명을 전하니, 재상은 매우 기뻐하였다.

재상을 모시고 있는 기녀가 셋이었는데, 모두 절세미인이었다. 그녀들이 금빛 나는 병에 붉은 수건을 덮어 우유를 올리자, 재상은 그 세 기녀 중에 붉은 비단 옷을 입은 기녀에게 명하여 최생에게 주라고 하였다. 최생은 나이가 젊은지라 절색의 기녀들이 전후좌우에 있으니 부끄러워 끝내 우유를 마시지 못하였다. 그러자 재상이 그녀에게 명하여 술을 따라주라고 하였다. 최생이 부득이하여 마시자, 그녀는 웃으며 놀려댔다. 재상이 이르기를,

"자네는 시간이 날 때면 언제든 와서 노부를 찾아보게."

하고 붉은 비단 옷을 입은 기녀에게 명하여 최생을 인도하여 나가라고 하였다. 그녀는 최생을 향해 세 손가락을 들어 보이고, 손바닥을 세 번 두드린 후에 앞에 차고 있던 거울을 가리키며,

"잊지 말아요."

하고는 다른 말이 없었다.

최생은 집으로 돌아와 아버지에게 다녀왔다는 인사를 하고 책방으로 건너갔다. 그때까지도 정신이 어질어질하고 아득하여 밥 먹을 생각도 나지 않았다. 다만 시를 지어 읊기를,

길을 잃고 봉래산에 들어가 노니는데,
선녀의 맑은 눈동자가 남의 마음을 들뜨게 하네.
붉은 문이 반쯤 닫힌 깊은 궁에 달이 밝아서,
아마도 백설 같은 미인의 시름을 비춰 주리라.

하였다. 주변 사람들은 그 뜻을 몰랐다.

집안에 서역 출신의 종 가운데 마륵이라는 자가 있었는데, 그가 최생에게 물었다.

"낭군께 무슨 일이 있기에 한을 품으신 듯합니다."

최생이 말하기를,

"네가 어찌하여 내 답답한 마음을 아느냐?"

하니 마륵이 말하기를,

"말씀만 해보십시오. 제가 용렬하나 낭군을 위해 해결해 드릴게요."

하였다. 최생이 그 말을 괴이하게 여기며 자세히 말해주니, 마륵이 말하였다.

"그 정도는 사소한 일입니다. 무엇이 어렵겠습니까?"

최생이 또 기녀가 손바닥 두드린 일을 말하니, 마륵이 말하였다.

"그게 뭐 알기 어렵습니까? 세 손가락을 들어 보이던 일은, 재상 댁에 그런 계집이 많으므로 '저는 셋째입니다.' 하는 뜻이지요. 손바닥을 세 번 두드린 일은, 다섯 손가락이 셋이면 열다섯이니 이 달 보름날이요, 가슴의 거울을 가리키던 일은 '달이 둥글게 뜨거든 낭군이 오십시오.' 하는 뜻입니다."

최생은 뛸 듯이 기뻐하며 마륵에게 매달렸다.

"무슨 계교로 나의 이 답답함을 풀 수 있을까?"

마륵이 웃으며 말하였다.

"내일이 보름날이니, 푸른 비단으로 낭군의 옷을 지으십시오. 재상 댁에 사나운 개가 있어, 기녀들의 거처로 들어가는 문을 지키고 있습니다. 보통사람은 함부로 다닐 수가 없고, 비록 들어가더라도 반드시 그 개에게 물려 죽고 말 겁니다. 그 개는 인기척을 귀신같이 알고 사납기가 호랑이 같답니다. 조주 맹해라는 곳에서 나는 개지요. 세상에서 늙은 이 종놈이 아니면 이 개를 당할 사람이 없습니다. 오늘 저녁에 낭군을 위해 그 개를 때려잡겠습니다."

하고는 술과 고기를 배부르게 먹고 한밤중이 되어 쇠몽둥이를 들고 나가더니 밥 한 끼 먹을 시간쯤 되어 돌아와 이르기를,

"개는 벌써 죽었으니 이제는 어려울 것이 없습니다."

하고 최생에게 푸른 옷을 입히고는 담 열 겹을 넘어 셋째 기녀의 집에 이르렀다. 수놓은 창은 닫히지 않았고, 금 등잔에 불이 환하였다. 그녀는 길게 한숨을 쉬고 앉아서 무언가를 생각하는 듯하였다.

그녀를 모시던 계집종들도 다 잠들었고 밤이 깊어 마을이 고요하였다. 최생이 발을 들치고 들이닥치니, 그녀는 기다린 듯이 놀라지도 않고 흔연히 침상에서 내려와 최생의 손을 쥐고 말하였다.

"낭군이 총명하여 반드시 알 것이라 생각했습니다. 그런데 무슨 재주로 여기에 이르셨습니까?"

최생이 마륵의 계교와 업어 온 이야기를 자세히 이르니, 그녀가 말하였다.

"마륵은 어디에 있습니까?"

"발 밖에 있소."

그녀는 마륵을 불러들여 금잔에 술을 부어 먹이고 최생에게 말하였다.

"저는 본래 북방 출신이랍니다. 주인이 많은 군사들을 거느리고 핍박하여 저를 첩으로 삼았지요. 제가 죽지 못하여 지금 살아 있습니다. 옥 젓가락과 금 숟가락으로 산해진미를 먹고, 멋진 병풍과 비단휘장을 둘러친 방에서 구슬 베개를 베고 지내지만, 다 제가 원하는 바가 아니어서 마치 칼을 쓰고 감옥에 갇혀 있는 듯합니다. 낭군

께서 좋은 재주를 가졌으니 만일 이 감옥 같은 울타리를 벗어난다
면 비록 죽는다 한들 무슨 한이 있으리오. 청컨대, 낭군의 종이 되
어 모시는 것이 소원입니다."

하니 최생이 어찌 할 바를 모르고 있었다. 마륵이 말하기를,

　"낭자의 뜻이 이렇듯 굳으시군요. 그러나 이 또한 쉬운 일입니다."

하고, 마륵이 먼저 화장 도구를 챙겨 세 번에 걸쳐 지고 담을 넘었
다. 날이 밝을까 하여 최생과 그녀를 함께 업어 높은 담 여남은 겹
을 넘어가되, 재상 집을 지키는 사람들은 조금도 알지 못하였다.

　아침에 날이 밝은 후에야 기녀가 사라진 것을 알고, 또 개가 죽었
는지라 재상이 놀라 말하기를,

　"우리 집 문턱이 본디 높고 깊어서 사납기 호랑이 같고 날쌔기가
잔나비 같을지라도 엿보기 어려운데, 하물며 아예 종적이 없으니
한갓 내 집에 해로울 뿐만이 아니라 천하의 근심거리로다."

하고 매우 두려워하였다.

　그녀는 최생의 집에 이태 동안 숨어 지내다가 꽃이 흐드러지게 핀 어느 봄날 작은 수레를 타고 곡강에 가서 놀았다. 그곳에서 그녀를 발견한 재상 집 사람이 재상에게 넌지시 알려주었다. 재상은 괴이하게 여기며 최생을 불러 다그쳤다. 최생은 두려운 나머지 마륵이 업어 간 이야기를 자세히 말하였다. 재상이 말하기를,

　"자네의 죄가 아닐세. 내 천하를 위해 해로운 것을 없애야겠네." 하고, 무장한 군사 50명을 출동시켜 병기를 단단히 지니고 최생의 집을 둘러싸서 마륵을 잡으라고 하였다. 마륵이 비수를 들고 높은 담을 날아 넘으니 가볍기가 새 날개 같고, 날쌔기가 매 같았다. 화살이 비 오듯 하였으나 맞히지 못하고, 눈 깜짝할 사이에 어느 곳으로 갔는지 알 수가 없었다. 재상은 놓친 것을 후회하고 두려워 밤이면 집에 호위병을 많이 배치하고 잠들었다.

　그 뒤 10여 년 후에 최생의 집 사람이 보니, 마륵이 낙양의 저잣거리에 와서 약을 팔고 있었는데 용모가 예전과 다름이 없었다고 한다.

여우가 둔갑한 임씨

당나라 현종 때 정육이라는 사람은 주색을 좋아하고 가난하여 자립하여 살 수가 없으므로 처사촌인 위음에게 의탁하여 지냈다.

위음이 정생과 더불어 장안의 신창리에 가서 술을 마시려고 장락궁의 동북쪽 문인 선평문에 다다랐을 때였다. 정생에게 마침 다른 볼일이 생겼다. 그곳에 가서 볼일을 본 뒤에 술을 마시기로 한 곳에서 만나기로 하였다.

정생이 볼일을 마치고 술집을 찾아가는 길에 장락궁의 남문인 승평문을 들어가다가 세 여인을 만났다. 그 가운데 흰옷을 입은 여인의 인물이 가장 빼어났다. 정생은 그녀를 보고 놀라는 한편 기뻐하며 타고 있던 노새를 채찍질하여 몰아 그녀와 앞서거니 뒤서거니 하며 말을 걸고 싶었으나 감히 하지 못하였다. 그녀가 자주 돌아보며 마음을 둔 듯하므로, 정생이 희롱하여 이르기를,

"이렇듯 고운 사람이 어째서 걸어가시오?"

하니, 그녀가 웃으며 말하였다.

"탈 것이 있지만 빌려주시지 않으니 걷지 않으면 어쩌겠어요?"

정생은,

"용렬한 노새인지라 미인이 탈 것은 못됩니다만, 이제 여기 받들어 모시겠소. 나는 걸어가도 됩니다."

하고 점점 가까이하여 함께 승평문을 들어가 동쪽으로 낙유원이라는 동산에 이르렀다.

이때는 벌써 날이 어두워진 뒤였다. 그곳에 토담을 쌓은 집 한 채가 있었는데, 아주 큰 집이었다. 그녀가 그 집으로 들어가며 이르기를,

"잠깐 문 밖에 머물러 계세요."

하더니, 잠시 후에 정생을 들어오라고 하였다. 어떤 한 여인이 정생을 맞아 앉는데, 나이는 서른쯤 되어 보이고 얼굴이 단정하였다. 바로 길에서 본 흰옷 입은 여인의 언니였다.

흰옷 입은 여인이 정생에게 이르기를,

"제 성은 임가랍니다. 화장을 좀 고치고 나와 뵐게요."

하고는 촛불을 환하게 밝힌 뒤 술과 음식을 차려 내왔다.

잠시 후에 임씨가 나오는데, 아름다운 재질과 고운 태도가 낮에 보던 거동이 아니었다. 인간세상에서는 보기 드문 인물이었다.

밤이 깊어진 뒤에 잔치를 끝내고 임씨와 더불어 잠자리를 같이하니, 두 사람의 정이 매우 깊어졌다. 새벽에 임씨가 이르기를,

"우리 자매는 이름이 기녀 학교인 교방에 올라 있어서 이제 바삐

들어가려고 합니다. 그대는 오래 머물 수가 없으니 이제 돌아가시고 나중의 기약을 정하시지요."

하였다.

정생이 문 밖에 나와 동네 어귀의 이문에 이르니, 문이 그저 닫혀 있었다. 그 옆의 떡집에서는 불을 켜놓고 떡을 만들고 있었다.

정생은 그 집 발 아래 앉아서 이문이 열리기를 기다리며 주인과 말을 주고받았다. 정생이 자고 온 집을 가리키며 묻기를,

"여기서 동쪽으로 문 있는 집이 누구의 집이오?"

하니, 주인이 말하기를,

"그 쪽으로는 무너진 담만 있고 집이 없는데요."

하는 것이었다. 정생이,

"오늘 거기서 자고 오는 길인데, 어찌 집이 없다고 말하시오?"

하니, 주인은 그제야 깨닫고 말하기를,

"아아, 알겠소. 그 가운데 여우 한 마리가 있어 사내들을 많이 홀려서 함께 잔답디다. 내가 벌써 세 번이나 보았지요. 어제 그대도 틀림없이 여우를 만났던 것이오."

하는 것이었다. 정생은 부끄러워하며 말하였다.

"그런 일은 없었소."

하고는 날이 밝은 뒤에 다시 올라가 보았다. 과연 무너진 담만 있고, 그 속은 가시나무가 얽혀져 있는 묵은 밭이었다.

돌아와 위음을 만나니, 위음은 그가 약속을 어긴 것을 꾸짖었다. 정생은 다른 일로 핑계를 댔다. 정생은 그녀의 얼굴을 생각하며 한

번 다시 보기를 원하였다.

10여 일이 지난 후에 정생이 마침 서쪽 시장의 옷 파는 데를 지나가노라니, 문득 임씨의 종이 임씨를 따라와 옷 파는 데 서 있었다. 정생이 달려가며 부르니, 임씨는 몸을 돌이켜 많은 사람들 속으로 들어가 피하는 것이었다. 정생이 연달아 부르며 곁으로 다가가 핍박하니, 임씨는 부채로 얼굴을 가리고 돌아서서 이르기를,

"그대는 벌써 나의 정체를 알면서 어찌 가까이 하려 하시오?"

하였다. 정생이 이르기를,

"비록 알지만 무엇이 해롭겠소?"

하자, 임씨가 이르기를,

"이렇게 부끄러운데 그대의 얼굴을 어찌 다시 뵙겠어요?"

하였다.

"이렇듯 깊이 사모하고 있는데, 그대는 차마 나를 버리려고 하는 것이오?"

"어찌 감히 버리겠어요? 그대가 싫어하실까봐 두려워하는 거랍니다."

정생의 맹세하는 말이 간절하므로, 임씨가 이에 부채를 거두고 얼굴을 돌이키니, 고운 모습이 전과 같았다. 그녀가 정생에게 이르기를,

"인간 세상에 저 같은 사람이 한둘이 아닐 것인데, 그대는 알지 못하고 계시는군요. 그렇다고 괴이하게 여기지는 마세요."

정생이 조용히 가서 즐기기를 청하니, 임씨가 말하였다.

"저 같은 것을 사람들이 미워하는 것은 다른 것이 아니라 사람을 상하게 하지나 않을까 해서지요. 저는 그렇지 않답니다. 그대가 싫어하지 않으신다면 이 몸이 죽을 때까지 서방님으로 모시겠어요."

정생이 허락하고 있을 곳을 의논하니, 임씨가 이르기를,

"여기서 동쪽으로 큰 나무 아래 집이 한 채 있는데, 아주 깊숙하고 고요해서 잠깐 집세를 물고 있을 만해요. 그대의 처족인 위음의 집에 살림살이가 많이 있으니 빌려다 쓸 수 있겠네요."

하였다. 정생이 그 집을 찾아가 세를 얻고, 위음에게 가서 셋집에서 쓸 살림살이를 빌렸다. 위음이 그 까닭을 물으므로 정생이 말하였다.

"절세미인을 새로 얻어 집 한 채를 세내었는데, 살림살이를 갖추지 못해서 형님께 얻어 쓰려고요."

위음이 웃으며 말하기를,

"자네 얼굴로는 틀림없이 더러운 계집을 얻었겠지, 무슨 절세미인을 얻었겠어?"

하고는 여러 가지 살림살이를 다 빌려주고, 영특한 종 하나를 보내 정생의 집을 엿보고 오라고 하였다.

이윽고 그 종이 돌아오자, 위음이 바삐 물었다.

"얼굴이 어떠하더냐?"

종이 대답하기를,

"기특하고 괴이하여 천하에 일찍 보지 못한 인물이었습니다."

하였다.

위음은 친척들이 매우 많고, 전부터 기생집에 다녀 절색의 여인

들을 많이 보았는지라 다시 물었다.

"아무개와 비교해서 어떠하더냐?"

"그 짝이 아니었습니다."

위음이 그 중에서 고운 여인 대여섯을 일러 물으니 대답하기를, 다 그 짝이 아니라고 하는 것이었다.

이때, 오왕의 딸은 얼굴이 선녀 같았는데, 위음의 외사촌이었다. 본디 인물이 좋기로 유명하였다. 위음이,

"그 동생과 비교해 보면 어떠하더냐?"

하고 물으니, 그 종이 대답하기를,

"그 짝이 아니었습니다."

하는 것이었다. 위음이 크게 놀라 이르기를,

"천하에 그런 사람이 있단 말이냐?"

하고는 세수하고 머리에 빗질을 다시 한 뒤 그 집으로 갔다.

정생은 나가고 임씨가 문에 서 있었는데 듣던 말보다 더 절색이었다. 위음은 그녀의 얼굴을 보고 미칠 듯하여 달려들어 안았다. 임씨는 거부하다가 끝내 힘으로 이기지 못하게 되니, 얼굴이 몹시 서러워하는 듯한 모습이었다. 위음이 묻기를,

"어째서 기뻐하는 빛이 없는가?"

하니, 임씨가 탄식하며 말하였다.

"정생이 가히 슬프군요."

"어찌 이르는 말인가?"

"정생이 또한 장부로서 한 계집을 지키지 못해서지요. 그대는 호

탕하여 고운 여자들을 많이 얻어 보았을 것이니, 나 같은 사람을 만난 것이 열 명은 될 것이오. 정생은 궁색하여 마음에 드는 여자가 다만 첩 하나뿐이지요. 그대는 어찌 차마 넉넉한 처지에서 남의 부족한 것을 빼앗으려 하시오?"

위음은 의기가 있는지라 즉시 놓아주며 사례하기를,

"다시는 이러지 않겠네."

하였다.

이윽고 정생이 들어오니 서로 보고 즐거워하였다. 임씨의 먹을 것과 입을 것을 위음이 다 얻어주고, 서로 사랑하기를 겨레같이 하였다.

어느 날, 임씨가 정생에게 이르기를,

"그대는 돈 5, 6천 냥을 얻을 수 있겠어요?"

하였다. 정생이 남에게 꾸어 6천 냥을 가져오니, 임씨가 말하였다.

"시장에 가서 말을 사 오되 다리에 허물이 있는 걸로 사 오세요."

정생이 시장에 가니, 과연 한 사람이 말을 이끌고 파는데 왼쪽 다리에 상처가 있었다. 정생이 그 말을 사가지고 오니, 처가의 친척들이 모두 비웃기를,

"이것은 버린 말인데 사다가 무엇에 쓰려는가?"

하였다. 오래지 않아서 임씨가 말하기를,

"이 말은 이제 팔 데가 있을 것이에요. 값으로 3만 냥은 받을 거예요."

정생이 내다 팔려고 하니, 한 사람이 2만 냥을 주려 하였다. 그에게 팔지 않고 도로 가져오니, 그 사람이 집까지 따라왔다. 값을

여러 번 올려 3만 냥을 받고 판 뒤에 정생이 그 사람에게 물었다.

"이렇게 병든 말을 값을 많이 주고 굳이 산 것은 무슨 까닭이오?"

"소응현에 임금께서 내려주신 말이 다리에 허물이 있다가 죽은 지 3년이오. 그 말을 맡았던 아전도 죄를 입게 되었지요. 그 말 값을 물리면 6만 냥은 바칠 것인데 이제 반을 주고 사가니, 내가 얻은 것이 또한 많지요."

임씨의 의복이 낡아 위음에게 옷을 해달라고 하니, 위음은 비단을 사다가 주려고 하였다. 임씨가,

"아주 지어놓은 옷을 얻었으면 합니다."

하니, 위음은 시장의 장대라는 사람을 불러 임씨를 보여주고 입고자 하는 것을 물어서 사라고 하였다. 장대가 임씨를 보고 놀라 위음에게 이르기를,

"이는 선녀거나 귀한 집안의 사람이 몰래 나온 듯싶으니 빨리 보내어 화를 입지 마십시오."

하는 것이었다. 그녀의 얼굴이 사람을 격동시킴이 이와 같았다. 매양 지은 옷을 사 입고 손수 짓지 아니하였는데, 그 연고를 알 수가 없었다.

한 해쯤 지나서 정생이 금성현의 원이 되어 임씨를 함께 데려가려 하니, 임씨는 즐겨하지 않으며 말하였다.

"한 10여 일 사이에 함께 가도 즐거운 일이 없을 것이니, 날짜를 헤아려 양식을 장만하여 주고 가시면 조용히 있다가 안식구들과 함께 가겠어요."

하거늘, 정생이 여러 번 청하다가 듣지 않자 위음에게 임씨에게 줄 양식을 마련해 달라고 하였다. 위음이 다시 정생과 함께 가라고 권하며, 가지 않으려는 연고를 물으니 임씨가 대답하였다.

"어떤 무당이 올해에 서쪽으로 가는 것은 길하지 않다고 해요. 그래서 떨어지려고 합니다."

정생이 위음과 껄껄 웃고 이르기를,

"그대는 총명하고 통달함이 남들보다 나으면서 어찌 무당의 말에 혹하기를 이렇듯 하는가?"

하고 다시 구태여 청하였다. 임씨는 마지못하여 길을 차려 함께 갔다. 위음이 임고라는 곳까지 나와 전송하며 타고 온 말을 임씨에게 빌려주어 태워 보냈다.

마외라는 곳에 이르러 임씨가 탄 말은 앞에 서고, 정생은 노새를 타고 뒤에 섰다. 계집종 하나가 그 뒤에 말을 타고 가고 있었다.

그때에 사냥하는 사람들이 낙천에 와서 사냥을 한 지 열흘이 되었다. 마침 길에서 그들을 만났는데, 푸른 개가 풀 속에서 달려 나오는 것이었다. 정생이 보니, 임씨가 문득 땅에 떨어져 본 모습으로 변하여 남쪽으로 달아나고, 그 개가 따라 달려가는 것이었다. 정생이 개를 꾸짖으며 달려갔으나 미처 금하지 못하였다.

임씨는 1리가량 가서 그 개에게 물리게 되었다. 정생은 눈물을 흘리고 돈을 내어 수의를 장만하여 주검을 싸서 산 아래 묻고, 나무를 깎아 표하고 길로 돌아갔다. 임씨가 탔던 말은 길가에서 풀을

뜯어먹고 있었고, 의복은 길마 위에 걸쳐 있고, 신과 버선은 등자에 달려 있고, 머리에 꽂았던 장식은 땅에 떨어져 있었다. 그 계집종도 간 데가 없었다.

정생이 도로 서울로 들어오니 위음이 반기며 묻기를,

"임씨는 별 탈이 없는가?"

하였다. 정생이 눈물을 흘리며,

"임씨는 벌써 죽었소."

하니, 위음이 놀라고 서러워하며 방안에 들어가 두 사람이 붙들고 통곡하였다. 그 뒤에 죽은 연고를 물으므로, 정생이 말하였다.

"개에게 물렸지요."

"개가 비록 모질지만 어떻게 사람을 해친단 말인가?"

"사람이 아니었답니다."

위음이 놀라 묻기를,

"사람이 아니면 무엇인가?"

하였다. 정생이 그제야 처음에 임씨를 얻게 된 사실을 자세히 말하였다. 위음이 더욱 놀라 이튿날 정생과 함께 마외에 가서 파보니, 한 마리의 여우였다.

선행의 보답을 받은 요곤

처사 요곤이란 사람이 있었는데 벼슬을 구하지 아니하고 낚시질하기와 술 먹기를 일삼았다. 곁에 사냥하는 사람이 있어서 늘 그물로 여우나 토끼를 잡으면, 요곤은 마음이 어질어 매양 값을 쳐주고 사서 놓아주었는데, 이렇게 하기를 수백 번이나 하였다.

요곤은 물려받은 농장이 있어서 보리사라는 절에 전당을 잡혔다가 빌린 돈을 가지고 갚으려고 갔다.

그 절의 주지인 혜소는 마음이 사나웠다. 평소에 절집 뒤에 우물을 두어 길이나 파놓은 뒤, 약초인 황정을 수백 근이나 넣어두고는 사람들로 시험 삼아 먹게 하여 효험이 있으면 제가 먹으려 하였다.

요곤이 술에 몹시 취하여 실수로 우물에 빠지자, 그 중은 넓적한 돌로 우물 위를 막아 못나오게 하였다. 요곤은 술이 깨어 보니 우물에 빠져 있는데, 빠져나갈 계교가 없었다. 다만 배가 고프면 황정만 먹고 지냈다.

두어 달 만에 어떤 사람이 우물 위에서 그의 이름을 부르며 말하기를,

"나는 여우라네. 내 자손들을 많이 살려준 은혜에 감격하여 일부러 와서 그대를 가르치는 걸세. 나는 여우 가운데 하늘과 통하는 여우라네. 처음에 무덤 속에 구멍을 뚫고 위의 틈으로 하늘과 별자리를 엿보고 마음속으로 생각하기를, 능히 날지 못하는 것을 한하여 매양 눈은 그곳을 향하고 정신을 그곳에 두었다네. 그러다가 홀연 날았는데 나는 줄을 깨닫지 못하여 허공을 딛고 구름을 타 하늘에 올라 선관을 보고 예를 하였었네. 그대도 다만 정신을 맑게 하고 허한 데를 생각하여 마음이 굳으면 30일이 못 되어 자연히 날아서 나가게 될 걸세. 틈이 비록 적으나 걸리는 것은 없을 게야."

하고 말을 마치고는 사라졌다.

그 말대로 해서 공부를 하였더니, 한 달 만에 홀연 덮어놓은 돌

밖으로 뛰어나가 그 중을 만났다. 그 중이 깜짝 놀라 그 우물에 가 보니 덮은 것은 그대로 있었다. 그 중이 요곤에게 예배하고 그 일을 물으니, 요곤이 말하기를,

"그 속의 들어가 황정을 먹으니 한 달 만에 몸이 가벼워져 자연히 날아오르더군요. 구멍으로 날 때는 걸리는 것이 없었지요."

하니, 그 중이 그렇게 여기고 제자를 불러 제 몸을 노끈으로 매어 가지고 드리워서 우물 속에 넣으라고 하고, 한 달 만에 열어보라 하였다.

제자가 그 말대로 한 달 만에 가보니, 중은 벌써 우물 속에서 죽어 있었다.

요곤이 집으로 돌아간 지 10여 일쯤 되어, 이름이 요도라고 하는 한 여자가 요곤에게 와서 이르기를,

"저는 부유한 집 딸인데 실수로 젊은 사내의 꼬임에 빠져 이 지경에 이르렀어요. 이제 다시는 집에 들어가지 못합니다. 원컨대 그대를 남편으로 섬기고자 합니다."

하였다. 요곤이 그녀를 머물게 하고, 다시 보니 고운 태도가 세상에서 드물고, 글짓기를 잘하였으며, 사람을 공경하는 일과 예모를 갖추는 일에 매우 익숙하였다.

요곤은 그녀를 사랑하여 데리고 살았다. 후에 요곤이 과거보러 서울에 갈 때 요도를 데리고 길을 나서서 하남성 영보현의 반두관에 이르니, 요도는 즐거워하지 않으며 붓을 들어 글 한 편을 지어 이르기를,

분단장으로 오래 본 모습을 가리고 인간이 되었는데,
분단장을 지우려 하니 슬픔만 얼굴에 피어나네.
비록 여우나라에는 오늘밤 달이 떴지만,
다시는 예전의 구름 같은 귀밑머리를 비추지 않겠지.

그녀가 오래도록 시를 읊조리고 있자, 요곤은 마음속으로 아니꼽게 여기고 있었다.

그때 변방에서 당시의 재상인 배도에게 바치려고 사냥개를 보내느라 반두관에 와서 머물고 있었는데, 홀연 그 개가 요도를 보고는 눈을 부릅뜨고 쇠사슬을 끊고 섬돌 위로 뛰어올랐다. 그러자 요도도 또한 여우로 변하여 개의 등 위로 뛰어올라 개의 눈을 물어 뽑았다. 개가 놀라 소리를 지르더니 반두관 문을 나와 형산을 향해 달렸다. 요곤이 크게 놀라 따라 달려가 보니, 2~3리쯤 나가서 개는 벌써 죽었고, 여우는 간 곳을 알 수 없었다. 요곤은 마음속으로 슬퍼서 날이 저물도록 길을 나서지 못하였다.

밤에 한 늙은 사람이 좋은 술을 가지고 와 요곤을 아는 체하는 것이었다. 요곤은 마침내 그가 누구인지 생각하지 못하였다. 노인은 술을 다 마시자 정중하게 인사를 하고 가며 말하기를,

"그대에게 충분히 갚았고, 내 손자도 별 탈이 없소이다."

하고 즉시 간 곳이 없으므로 그제야 노인이 여우인 것을 알았다.

황룡을 살려주고 보답을 받은 임욱

당나라 덕종 때였다. 강서성 낙안 땅에 임욱이라는 선비가 있었는데, 글 읽기를 좋아하고 세속 일을 즐기지 아니하여 산속에 들어가서 살았다. 그가 문을 닫고 낮에 혼자 앉아 있는데, 한 노인이 막대를 짚고 문을 두드리며 들어왔다. 노인은 누런 옷을 입고 있었는데 용모가 매우 빼어났다. 임욱이 맞아 앉아서 오래 이야기를 나누었다. 그 노인은 말이 또렷하지 못하고 무언가 잃은 것이 있는 듯 얼굴빛이 그다지 즐겁지 않아 보이므로, 임욱이 괴이하게 여겨 물었다.

"무슨 근심이라도 있으신지요? 어찌 안색이 이러하십니까?"

노인이 대답하였다.

"과연 내게 근심이 있다오. 그대가 한 번 물어주기를 기다린 지 오래되었소. 나는 사람이 아니라 용이라오. 서쪽으로 1리만 나가면 큰 못이 있는데 그곳에 내가 산 지 수백 년이 되었소. 그런데 이제

한 사람에게 보채이게 되어 화가 장차 멀지 않았구려. 그대가 아니면 능히 나에게 닥칠 화를 벗겨내 줄 사람이 없을 것이므로, 일부러 와 감히 알리는 것이오."

임욱이 말하기를,

"나는 속세 사람으로, 다행히 옛글이 있는 줄이나 알 뿐 다른 도술은 알지 못하는데 어찌 능히 노인장의 화를 벗겨드리겠소?"

하니, 노인이 말하였다.

"그저 내 말을 배워 그대로 하기만 하면 될 뿐, 다른 도술을 빌리려는 것이 아니라오."

임욱이 말하기를,

"그렇다면 가르침을 받들겠소."

하니 노인이 말하기를,

"그대는 나를 위해 이틀 뒤 새벽에 못가로 와 주시오. 낮이 되면 서쪽으로부터 오는 도사 한 사람이 있을 것이오. 그 도사가 나를 해칠 사람이라오. 그 도사가 나의 못 속의 물을 없애고 나를 해칠 것이니, 그대는 물 잦아드는 것을 보고 소리를 가다듬어 이렇게 외쳐 주시오. '하늘의 명이 있으니, 황룡을 죽이려는 자는 죽으리라.' 하면 물이 도로 많아질 것이니, 도사가 다시 도술을 부리거든, 그대는 그렇게 세 번을 하시오. 그렇게 해주면 반드시 크게 보답하겠소."

하는 것이었다. 임욱이 허락하니, 노인은 사례하고 갔다.

　노인이 간 후 두어 날 만에 임욱이 산에서 내려와 서쪽으로 1리쯤 가니 과연 큰 연못이 있었다. 연못가에 앉아 기다리고 있는데, 과연 낮이 되자 문득 조각구름이 서쪽으로부터 점점 다가와 연못가에 다다르니, 한 도사가 구름 사이로 나오는데 키가 한 길이 넘고 얼굴이 기이하였다.

　그는 연못가에 서더니 소매 속에서 검은 부적을 꺼내 물에 던져 넣는 것이었다. 그러자 물이 다 마르고, 황룡은 모래에 엎드려 몸을 움직이지 못하였다. 임욱이 즉시 소리를 질러 이르기를,

　"하늘의 명이 있으니 황룡을 죽이려는 자는 죽으리라."

　말을 마치자 연못의 물이 도로 가득 차니, 도사가 노하여 소매 속에서 붉은 글자로 쓴 부적 여남은 개를 꺼내어 공중을 향하여 던졌다. 부적이 다 변하여 붉은 구름이 되어 연못으로 들어가더니, 연못의 물이 즉시 마르는 것이었다. 임욱이 또 전의 말과 같이 하니, 물이 또 가득하여졌다. 도사가 몹시 노하여 또 붉은 부적 여남은

개를 던지니 전 같이 물이 마르다가 임욱이 이르는 소리에 물이 전보다 많아지니, 도사가 돌아서서 임욱에게 이르기를,

"내 30년을 경영하여 오늘 이 놈을 잡게 되었는데, 그대는 선비로 어찌 동류가 아닌 것을 구하는가? 또 30년을 경영해야 할 것이니 괴롭지 않겠는가?"

하고 몹시 꾸짖고 갔다. 임욱도 산중으로 돌아왔는데, 그 날 밤 꿈에 노인이 와서 사례하고 이르기를,

"군자의 구함을 입어 목숨을 보전하였소. 그렇게 하지 않았던들 도사의 손에 죽었을 것이오." 하고,

"진주 하나를 받들어 드릴 것이니 연못가에 가서 찾아 나의 미미한 정성을 살펴주시오."

하고 간 곳이 없었다.

이튿날 임욱이 지난 밤 꿈을 생각하고 연못가에 가니, 과연 한 치가 넘는 크기의 진주 하나가 풀 가운데 떨어져 있는데 그 빛이 멀리 빛나고 있었다.

임욱이 후에 그 진주를 가지고 강소성 양주의 저자에 가니 서역에서 온 사람이 보고 이르기를,

"이는 참으로 검은 빛 나는 여룡의 보배인데 세상 사람이 얻지 못하는 것이오." 하면서 수천만 냥을 주고 사 갔다.

용녀의 잔치에 다녀온 허한양

당나라 덕종 때 하남성 여남에 허한양이라는 사람이 있었다. 그는 배를 타고 강서성 요주로 갔는데, 날이 저물고 물결이 급하게 일었다. 작은 포구를 찾아 3~4리쯤 들어가다가 한 호수에 이르렀다. 물이 비록 넓기는 하였으나 깊이는 두어 자쯤 되었다. 북쪽으로 1리쯤 가니 호숫가에 대나무와 나무가 무성하였다. 배를 호숫가에 매고 있다가 홀연 보니, 한 정자가 있는데 매우 거창하였다.

푸른 옷을 입은 두 하녀가 있었는데, 얼굴이 옥 같았다. 배를 맞으며 웃으므로, 한양이 괴이하게 여기며 농담을 던지니, 그 하녀들은 크게 웃으며 집안으로 달려 들어갔다. 한양이 옷매무새를 고치고 언덕으로 올라 두어 걸음가량 가니, 한 하녀가 다시 나와 맞아 대청으로 들어가 절하고 앉으라고 하며 이르기를,

"아씨께서 옷을 갈아입고 있으니 잠깐 기다리세요."

하였다. 조금 뒤에 그 하녀가 한양을 인도하여 중문으로 들어가니,

큰 연못이 뜰 안에 가득 찼다. 연못 가운데 연꽃이 활짝 피어 있고, 사방의 가장자리는 푸른 옥을 세운 듯하였다.

무지개다리를 두 길로 놓아 남북으로 통하였다. 북쪽으로 큰 집이 있어서 섬돌 위에 오르니, 금빛 글자로 야명궁이라고 쓰여 있었다. 사면에 기특한 꽃과 과일과 나무가 구름에 잇닿아 인간세상에서 보지 못하던 것이었다.

하녀가 인도하여 그 집의 한 층에 오르니, 또 푸른 옷 입은 낭자 일곱이 있다가 맞아 절하고, 둘째 층에 오르니 또 낭자 일곱이 있다가 절하고 온 곳을 물었다. 한양이 지나온 곳을 다 말하고,

"뜻밖에 여기 이르게 되었습니다."

하니, 낭자들은 그를 정중히 앉혔다. 하녀들이 음식을 차려오는데, 다 인간세상의 것이 아니었다.

그 앞에 한 기특한 나무가 있었는데, 높이가 두어 길이요, 가지는 오동나무 같고 잎은 파초 같았다. 붉은 꽃이 나무에 가득하였으나 당시에는 활짝 피지 못하였었다. 한 낭자가 잔을 잡고 하녀에게 명하여 새 한 마리를 가져오게 하였는데, 생김새가 앵무새 같았다. 난간 위에 앉혀놓자 한 차례 우는데, 모든 꽃이 일시에 다 피어 꽃다운 향기가 퍼져나가는 것이었다. 꽃 속마다 고운 계집이 들어 있는데, 키가 한 자 남짓하고 고운 태도와 빛난 의복이 각각 그 자질에 맞았다. 관현악기를 섞어 들고 잔치자리를 향하여 재배하였다. 낭자가 잔을 드니 모든 악기가 일시에 연주를 시작하여 기특한 소리가 신선들이 모인 데서 나는 것 같았다.

술이 한 순배 다 돌아가자, 해가 지고 달빛이 다시 밝아왔다. 낭자가 잔치를 다시 베풀었다. 서로 의논하는 일이 다 인간세상의 일이 아니므로, 한양이 헤아릴 수가 없어서 사이사이 인사로 말을 하였으나 하나도 대답하는 사람이 없었다.

서로 즐기다가 2경에 이르러 잔치를 마치자, 그 꽃이 못 가운데 낱낱이 떨어지고 꽃 가운데 앉아 있던 계집들도 다 함께 떨어져서는 즉시 간 곳을 알 수가 없었다.

한 낭자가 책 한 권을 가져다가 한양에게 보여주었는데, 〈강해부〉를 쓴 것이었다. 한양으로 하여금 내리 읽으라고 하므로, 한양이 한 번을 다 읽으니, 낭자가 손수 한 번을 읽은 후에 하녀에게 간수하라고 하였다.

또 한 낭자가 모든 낭자들과 더불어 한양에게 이르기를,

"내 회포를 담은 시 한 편을 지었는데 읊어서 들려 드리고자 합

니다."

하였다. 모두들 말하기를,

"아주 좋아요."

하므로 그 낭자가 읊기를,

> 장강으로 들어가는 길목이 동정호까지 이어졌는데,
> 그 사이로 삼천리가 떨어져 있네.
> 10년에 한 번 고향에 돌아오지만,
> 소상강에서는 고생이로구나.

낭자가 하녀에게 명하여 책과 붓과 먹을 가져다가 한양에게 주어 쓰라고 하였다. 한양이 펴 보니, 다 금꽃으로 만든 종이요, 은으로 찍어 넣은 글자였다. 책 크기가 큼지막한데 벌써 반 권이 넘도록 글이 적혀 있었다.

그 붓을 보니 백옥으로 자루를 만들었고, 벼루는 푸른 옥으로 만들고 벼룻집은 유리로 만든 것이었다. 벼루 가운데 부은 물을 먹으로 가니 다 은빛이 되었다.

그 글을 다 쓴 후에 한양의 이름을 그 아래 쓰라고 하므로, 그 위를 펴 보니 글 두어 편을 썼는데 각각 쓴 사람의 이름이 적혀 있었다. 중방이라 하는 사람도 있고, 무라고 하는 이도 있고, 조양이라 하는 이도 있었으나 다 성을 쓰지 않고 이름만 써놓았다.

낭자가 하녀에게 명하여,

"책을 간수하라."

하므로 한양이 말하기를,

"내게 한 편의 글을 지은 것이 있어서 여기 이어 쓰고자 하는데 어떻겠습니까?"

하니 낭자가 말하기를,

"안 됩니다. 매번 돌아가서 부모형제께 드려서 보시게 하는데, 다른 사람의 글을 섞고 싶지 않습니다."

하였다.

4경이 지나자 하녀가 이르기를,

"낭군께서는 돌아가시지요."

하므로, 한양이 이에 일어나니 모든 낭자들이 이르기를,

"이렇게 따로 오셔서 다행히 서로 만났어도 조용하지 못하였으니 이것이 한입니다."

하였다. 한양이 그녀들과 이별하고 돌아와 배에 오르니 문득 큰 바람이 일어나고 구름이 아득하여 지척을 분간할 수가 없었다.

이튿날 날이 밝았을 때 일어나 밤에 갔던 데를 보니 빈 수풀뿐이요, 아무것도 보이지 않았다. 한양이 닻을 풀고 호수 밖에 나가 전날 바람 만났던 어귀에 이르니, 물가 사람들의 집에서 여럿이 서로 모여 수상한 기색이 있었다. 배를 대고 물으니 그들이 이르기를,

"어제 물 어귀에서 사람 네 명이 빠져서 2경 후에 건져내니 셋은 벌써 죽었고 하나는 죽은 지 오래 되지 않았다 싶어, 무당이 버들가지에 적신 물을 뿌렸는데 오랜 후에 인사를 차려 말을 한다고 하였다. 한양이 자세히 물으니 살아온 사람이 이르기를,

"어젯밤에 용왕의 모든 딸과 자매 예닐곱이 동정호를 지나가다가 밤에 여기에 와서 잔치를 벌였지요. 우리 넷을 잡아다가 술을 만들었는데 손님이 적어 많이 먹지 아니하므로 내가 문득 살아왔습니다."

하므로 한양이 괴이하게 여겨 묻기를,

"손님이 어떤 이였나?"

하니 대답하기를,

"한 선비였는데 성명은 알지 못하겠소. 그때에 하녀의 말을 들으니, '모든 낭자들이 인간의 글씨를 가장 사랑하였으나 얻을 길이 없어 이따금 선비를 청하여 모인다.'고 합디다."

한양이 밤에 모였던 일과 글 쓰던 일을 생각하니 다 헛말이 아니었다.

돌아와 배에 들어가자 뱃속이 편안치 않더니 이윽고 두어 되의 피를 토하였다. 과연 용이 사람의 피로 술을 만든다는 말이 옳았다. 사흘 만에야 불편하던 뱃속이 다 나았다.

선녀의 호의를 거절한 봉척

당나라 경종 때 봉척이라는 사람이 있었다. 인물이 청수하고 강직하였으며, 그의 재주를 따라갈 사람이 없었다.

그는 하남성에 있는 소실산에 들어가 서재를 짓고는 늘 두문불출 글 읽기에만 전념하니, 남들이 그의 얼굴을 자주 볼 수 없었다.

서재 밖으로는 흐르는 물이 맑고 넓은 바위가 좋았으며, 두 그루의 계수나무가 자라고 있었다. 낮이면 소나무에 바람소리가 맑아 고요하므로 늘 혼자서 글을 읽었다. 나이가 스무 살이었으나 아직 장가를 가지 않았다.

어느 날 밤은 달이 밝아 대낮 같고 바람소리가 맑아 솔 향이 바람결에 묻혀 와서 경치가 아름다웠다. 혼자 서안에 기대고 있자니, 홀연 공중에서 한 선녀가 내려오는 것이었다. 입은 옷이며 거동이 맑고 빛나 눈이 부실 지경이었다. 그 선녀가 봉척에게 인사를 건넸다.

"나는 월궁에 있는 선녀 상원부인입니다. 낭군이 훌륭하다는 소문을 듣고 아내가 되기를 원하여 찾아왔습니다."

봉척이 정색하고 말하였다.

"제가 소박하고 담백한 것을 좋아하여 늘 가난해서 베옷과 나물 음식으로 자랐습니다. 초옥에서 글 읽기를 알 뿐이지 여색은 모릅니다. 부인이 머물 곳이 아니니 빨리 가시오."

상원부인이 시 한 구절을 읊고 말하였다.

빛난 군자여, 나를 알지 못하는구려.
봉래산으로 돌아가려니 눈물이 비 오듯 하네요.

"얼마 뒤에 다시 올 것이니 곰곰이 생각하여 보세요."
하고 가니 그 풍류 소리가 매우 슬펐다.

봉척은 그래도 마음을 돌이키지 않았다.

얼마 후에 그 부인이 또 찾아왔는데, 그 곱고 빛남이 전보다 더하였다. 그녀가 또 이르기를,

"내가 조그만 죄로 봉래산에 귀양 왔는데, 그대와 하늘이 맺어준 인연이 있어서 구태여 그만두지 못하는 것입니다. 매일 혼자 있다 보니 아침에 하는 화장을 게을리 하고, 비단을 수놓은 휘장이 둘러쳐진 침실 속에는 원한이 맺혔답니다. 고운 붉은 살구꽃이 아름답게 장식한 누대 사이에 피었고, 푸른 복사꽃이 피었다가 거의 졌는데, 매양 벗이 없는 것을 쓸쓸하게 여겼습니다. 그대는 인간세상에서 빼어난 인물인지라 아내가 되기를 바랍니다."

봉척이 이르기를,

"쓸데없는 말 말고 빨리 돌아가시오. 이곳은 부인이 올 곳이 아닙니다. 선녀가 어찌 미천한 사람으로 배필을 삼겠습니까? 아무리 얘기해도 듣지 않을 것이니 어서 가시오."

하니 부인이 한숨짓고 가며 이르기를,

"다시 생각하여 보세요. 나중에 다시 오겠어요."

하고 글을 지어 읊기를,

농옥은 지아비가 있었으나 도를 터득하였고,
유강은 아내가 있었지만 신선이 되었지요.
그대가 아침이슬 같은 인생이 얼마나 짧은지를 안다면,
구름수레를 타고 선경에 인사를 드릴 것인데.

하며 간다고 하니, 풍류 소리가 더욱 슬펐다.

그래도 봉척은 마음을 돌이키지 않았다.

어느 날 부인이 또 찾아왔다. 그녀처럼 곱고 젊고 아담한 인물은 아무리 찾아보아도 없었다. 그녀가 봉척에게 인사를 하며 진정으로 말하였다.

"그대는 나이가 젊어서 여자를 소홀히 대접하나 봐요. 늙은 뒤에 뉘우쳐도 속절없을 것이에요. 나와 더불어 살면 늙지 않고 죽지 않을 약이 있으니 잘 놀며 지낼 수 있을 것입니다. 천지가 무너져도 이 몸은 두려워하지 않고 한 가지일 것인데, 그대는 무슨 일로 풀끝의 이슬 같은 인생을 아끼십니까?"

봉척이 눈을 부릅뜨고 꾸짖기를,

"내가 본디 여색을 탐하지 아니하거늘, 이 어떤 요괴가 괴롭게 청하는가? 꾸물거리면 가만두지 않을 것이다. 빨리 가고 다시는 오지 말라."

하니 부인이 울며 이르기를,

"내가 이리 간청하는 것은 그대가 청우도사의 자손이고 인물이 단정한 것을 사주려고 한 것이었는데, 그대는 심히 어리석구려. 나도 이 기회가 지나가면 6백 년을 혼자 살아야 할 것이니 작은 일이 아니라오. 그대의 목숨이 짧으니 서재에 오래 있지는 못할 것이오."

하고 글을 읊기를,

> 뻐딱한 군자여, 나를 잘 모르시는구려.
> 오늘 하늘이 정하신 인연을 아주 그쳐버리고 말았네.

눈물이 옷에 젖으니,

봉래산으로 돌아가는 길이 아득하구나.

하고는 슬퍼하므로 모시던 사람이 이르기를,

"이는 흙으로 만든 사람이라 말이 통하지 않습니다. 오래지 않아서 반드시 귀신에게 욕을 보게 될 것입니다. 그런 자가 어찌 분수에 맞지 않게 신선의 배필이 되겠습니까?"

하고 떠났는데 풍류 소리가 더욱 구슬펐다.

그 뒤 오래지 않아서 봉척은 병이 들어 죽었다. 저승사자 둘이 쇠사슬로 그의 목을 매고 쇠 채찍을 치며 그를 황천으로 데려갔다.

도중에 어떤 한 신선이 그들의 앞으로 풍류를 잡히고 가는데 향내가 10리가량 퍼졌다. 두 사자가 황망히 수풀 속으로 들어가 숨으므로 그 까닭을 물으니,

"상원부인이 태산으로 놀러간다."

고 하는 것이었다.

봉척은 달려 나가 절하고 울면서 빌었다. 부인이 두 사자를 불러 말하기를,

"이 사람은 내가 가장 사랑하는 사람이다. 이제 어렵게 되었으나 인정상 푸대접하지 못할 것이니 열두 해를 더 살게 하라."

하고 놓아주며, '12년 수명 연장'이라고 붉은붓으로 크게 써서 내려주었다. 두 사자가 이르기를,

"신선이 놓아주셨으니 염라대왕이 다시 잡지는 않을 것이다."

하고는 부인에게 사례하라고 하였다.

부인이 봉척과 조용히 말하다가 이르기를,

"그대는 이제 뉘우쳐도 속절없으니 잘 가시오."

하고 한숨을 지으며 천천히 그 자리를 떠났다. 봉척이 바라보며 우니, 부인을 모시고 가던 사람들이 서로 손가락질하며 웃고 꾸짖었다.

그 후에 봉척은 과연 도로 살아나, 열두 해를 더 살고 죽었다.

호랑이를 아내로 얻은 신도징

　당나라 덕종 때 신도징이란 사람이 하남성 복주의 수령으로 부임하는 길이었다. 섬서성의 진부현 동쪽에 이르렀을 때 눈보라를 크게 만나 말이 더 이상 나아가지 못하였다. 길가의 한 초옥에서 연기가 보이고 불빛이 비치므로, 눈보라를 피해 갈 곳이 없던 신도징은 그 집으로 들어갔다. 그 집에서는 지펴놓은 불을 중심으로 노인과 할미, 그 곁에 한 처녀가 둘러앉아 있었다. 처녀의 나이는 14세가량 되어 보였다. 비록 흰 옷을 입고 머리를 빗지는 않았으나 살빛이 맑고 고운 태도가 보는 사람의 마음을 움직이게 하였다. 노인은 신도징이 들어오는 것을 보고 일어나 맞으며 말하였다.

　"손님께선 눈을 맞아 추위가 심할 것이니 불 앞으로 나와 앉으시오."

　신도징이 불 가까이 다가앉아 한참이 되자 하늘빛이 벌써 저물었다. 그러나 눈보라는 그치지 않으므로 신도징이 말하였다.

"여기서 현까지 가는 길이 머니 여기서 자고 갔으면 하오만."

노인이 말하기를,

"저희 집을 더럽게 여기지 않으신다면 감히 명을 받들지 않겠습니까."

하였다. 신도징은 즉시 말의 안장을 벗기고 이부자리를 들여놓았다. 그 처녀가 손님을 보고는 다시 얼굴을 꾸며 단장을 고치고 휘장 사이로 나오는데, 고운 태도가 전보다 더 아름다웠다.

이윽고 할미가 밖으로부터 술 한 병을 가지고 들어와 따뜻하게 데워서 손님에게 마시라고 하며 이르기를,

"추우실까 염려되어 한 잔을 내왔습니다."

하였다. 신도징이 사양하며 이르기를,

"주인께서 먼저 잔을 받으시면 나는 나중에 마시겠소."

하고 또 이르기를,

"자리에 있는 낭자에게는 아직 잔이 이르지 않았어요."

하니, 노인이 말하였다.

"시골에서 기른 아이가 어떻게 귀한 손님을 대접하겠습니까?"

그 처녀가 즉시 이르기를,

"술이 무엇이 귀하다고 사람을 참예하지 말라고 말씀하셔요?"

하였다. 할미가 그녀의 소매를 붙들어 곁에 앉혔다. 신도징은 그 처녀의 재주를 알고자 하여 잔을 들고 말하기를,

"우리 돌아가며 시를 읊으며 드십시다."

하고 신도징이 먼저 시경의 한 구절을 읊었다.

즐거워라 이 밤의 술자리,
취하지 아니하면 돌아가지 않으리.

그 처녀가 고개를 살포시 숙이고 살짝 웃음을 띠며 이르기를,
"하늘빛이 이러한데 돌아가시고자 한들 어디로 가시겠어요?"
하였다. 이윽고 돌아가던 술잔이 처녀에게 이르니, 그녀도 시경의
한 구절을 읊었다.

밤새도록 비바람이 몰아치더니,
여기저기 닭 울음소리가 들려오누나.

신도징이 놀라는 한편 감탄하면서 이르기를,
"낭자의 총명하고 민첩함이 이와 같구려. 내가 아직 장가를 가지
않았는데 오늘 스스로 중매쟁이가 되면 어떻겠소?"
하니 노인이 말하였다.

"내가 비록 미천하나 저 아이만큼은 곱게 길렀습니다. 이전에 지
나가는 손님들이 금과 비단으로써 짝을 삼겠다는 사람이 많았으나,
내가 저 아이를 차마 떠나보낼 수가 없어서 허락하지 않았지요. 그
런데 의외로 귀한 손님께서 거두고자 하시니, 내 어찌 감히 아끼겠
습니까?"

신도징이 사위의 예를 차리고 행장을 다 털어 드리니, 할미가 한
가지도 받지 아니하고 말하였다.

"다만 천한 여식을 버리지 않으시면 족합니다. 어찌 재물 얻기를

일삼겠습니까?"

　이튿날 노인이 신도징에게 이르기를,

　"이 집이 외딴 곳이어서 이웃도 없고 또 몹시 더러워서 족히 오래 머물 곳은 못 됩니다. 저의 딸이 이미 그대를 섬기기로 하였으니 데리고 떠나서야겠소."

하고 서로 슬퍼하며 이별하였다. 신도징은 자신이 타던 말에 그녀를 태우고 부임할 고을에 이르렀다. 그곳의 녹봉이 매우 박하였으나 그의 아내가 힘을 다하여 손님들을 사귀게 주선하니 열흘 사이에 큰 명성을 얻었다.

　부부간의 정도 점점 깊어졌다. 그녀는 친척들에게 후하게 대하고 잘 보살폈으며, 집안의 노복들에게도 환심을 얻었다.

　임기가 차서 장차 돌아오게 될 무렵에는 벌써 아들 하나 딸 하나를 낳았는데 매우 총명하였다.

　신도징의 벼슬이 바뀌어 섬서성으로 돌아오다가 사천성의 이주를 지나서 강가에 이르렀을 때였다. 그의 아내가 문득 슬퍼하는 빛을 띠므로 신도징이 말하였다.

　"만일 부모님을 뵙고 싶다면 이제 멀지 않았는데 무엇 때문에 슬퍼하는 것이오?"

　20여 일가량 지나 그 땅에 이르니 초가집은 예전같이 있었으나 사람은 아무도 없었다. 그의 아내가 생각을 깊이 하며 날이 저물도록 울다가 문득 바라보니 바람벽 끝 헌 옷을 걸어놓은 속에 범의 가죽이 있었다. 먼지가 가득 쌓여 있었다. 그녀는 그것을 보고 크게

웃으며 말하기를,

"이것이 그대로 있는 것을 알지 못했구나!"

하고 즉시 떨쳐입자 한 마리 범으로 변하여 으르렁거리는 소리를
지르고 문으로 뛰어 내달렸다. 신도징은 놀라 몸을 피하였다가 두
자식을 데리고 그녀가 사라진 길을 찾아 수풀을 바라보며 통곡하다
가 그곳을 떠나갔다.

옛 아내를 다시 만난 근자려

당나라 현종 때 복건성 장포 출신의 근자려는 토번을 치러 가는 군사로 선발되어 떠난 지 10년이 되었으나 돌아오지 않았다.

자려의 아내는 임씨였다. 임씨의 부모가 딸의 뜻을 묵살하고 개가시키려 하여 그곳의 진씨에게 정혼을 하였는데, 그날 저녁에 자려가 돌아왔다. 자려의 부모가 그의 아내의 개가 사실을 말해주자, 자려는 분노를 이기지 못하였다.

그곳에서 임씨의 집으로 가자면 10리 남짓하였다. 자려는 토번을 칠 적에 좋은 칼을 얻었는데, 그 칼을 가지고 임씨의 집으로 갔다. 반쯤 갔을 때 생각지도 않았던 비가 급히 오고 하늘이 어두워져 진퇴양난이었다.

문득 번개 불빛에 보니 길가에 큰 나무가 있는데 나무속에 넓은 구멍이 나 있었다. 그 속에 잠깐 들어가 비를 피하고 있었는데, 조금 뒤에 큰 범 한 마리가 사람 하나를 물고 그 앞으로 지나 달려가는

것이었다. 자려가 짚었던 칼로 범의 허리를 치니, 범은 물고 있던 사람을 놓고 허리가 끊어져 죽었다. 자려가 나가 사람을 어루만져 보니 어떤 여인이었는데 채 죽지 않은 상태였다. 자려가 물었다.

"그대는 어떤 사람이요?"

그 여인이 이르기를,

"나는 임씨로 전에는 근자려의 아내였지요. 자려가 종군하여 가서 돌아오지 않자 부모님이 내가 절개를 지키려는 뜻을 묵살하고 다른 데 개가시키려 했습니다. 오늘 혼례를 치르려 하므로, 내가 수건을 가지고 집 뒤로 나가 뽕나무에 목을 매었는데 문득 범에게 물렸지요. 물려서 이리로 오다가 요행히 그대를 만났어요. 그다지 심하게 상한 데는 없네요. 나를 구해 주신다면 반드시 보답을 하겠습니다."

하는 것이었다. 자려가 이르기를,

"내가 근자려요. 오늘 집에 돌아오니 부모님이 그대가 개가한다는 사실을 알려 주시더군. 분함을 이기지 못해 칼을 짚고 그대에게로 가는 길이었는데 어찌 여기에 와서 만날 줄이야 생각이나 했겠소?" 하고 서로 붙들고 통곡하였다. 비가 개기를 기다려 자려는 그의 아내를 업고 집으로 돌아와 늙도록 함께 살았다.

토지신에게 장가들었다가 버림받은 노패

　　당나라 덕종 말엽에 섬서성 위남현의 현승으로 있던 노패라는 사람은 성품이 극히 효성스러워 그의 어머니를 극진히 섬겼다. 그의 어머니는 허리와 다리에 병이 들었는데, 점점 심해져서 침상에서 내려오지 못한 지가 여러 해 되었다.

　　그의 어머니가 밤낮으로 앓으며 견디지 못하므로, 노패는 벼슬을 그만두고 도성에 들어가 태의로 있던 왕언백을 만나보려고 하였다. 당시 왕언백은 세력이 막강하여 반년 동안 날마다 청하였으나 와 보는 것을 허락하지 않았다. 그러다가 하루는 왕언백이 말하기를,

　　"아무 날 날이 밝으면 그대의 노친을 가볼 것이니 기다리게."

하였다. 노패가 그날 아침부터 마을 어귀에 나가 낮이 되도록 기다렸으나 왕언백은 기척이 없었다. 노패는 마음이 어지러워 날이 저무는 것도 깨닫지 못하고 있었다.

　　문득 흰옷 입은 여인이 나타났는데 자색이 매우 고왔다. 그녀는

좋은 말을 타고 계집종 하나를 뒤세우고 서쪽으로부터 동쪽으로 지나가다가 다시 동쪽에서 노패가 서 있는 곳에 돌아와 그에게 말을 걸었다.

"그대의 얼굴을 보니 근심하는 빛이 많고, 또 사람을 기다리는 듯하므로 청하여 묻습니다."

노패는 왕언백이 오는 것을 바라느라고 다른 생각이 없었으므로 그녀가 온 것을 깨닫지 못하고 있었다. 두세 번 물은 후에야 사실대로 대답하였다. 그러자 그녀가 이르기를,

"왕언백은 나라의 의원이니 반드시 오리라는 것을 기약할 수 없습니다. 저에게 작은 재주가 있어서 언백에게 지지 않을 것입니다. 청컨대 한 번 대부인을 보아 반드시 낫게 해드리겠습니다."
하는 것이었다. 노패는 놀라는 한편 기뻐하며 말머리에 절하고 이르기를,

"진실로 그렇게 해주신다면 이 몸을 바쳐 종이라도 되렵니다."
하고 먼저 들어가 대부인에게 아뢰었다. 그의 어머니는 바야흐로 앓는 고통을 견디지 못하다가 그 말을 듣고 즉시 그녀를 붙들어 앉혀놓고 보기를 재촉하였다.

노패가 그녀를 인도하여 들어갔다. 그녀가 손을 들어 만지자 그의 어머니는 벌써 다리를 능히 움직일 수 있게 되었다. 온 집안사람들이 놀라고 즐거워하며 다투어 재물을 가져다가 그녀에게 주자, 그녀가 이르기를,

"오랜 동안 낫지 못하고 계셨습니다. 마땅히 복용하실 약을 지어

드릴 것인데, 그 약은 한갓 이 병만 낫게 할 뿐이 아니라 길이 장수를 누리실 것입니다."

하니, 그의 어머니가 말하였다.

"늙은이가 장차 죽기만을 기다렸는데 고명한 도인을 만나 다시 살아났으니 이 큰 은혜를 어떻게 갚겠소?"

그녀가 대답하였다.

"다만 천한 몸을 버리지 아니하시고 낭군의 아내가 되도록 허락하시면 떳떳하게 대부인의 좌우에 있는 것이 가능한데, 어찌 감히 공을 의논하겠습니까?"

그의 어머니가 말하였다.

"우리 아이가 자진해서 도인의 종이 되기를 원하는 마당에 이제 도리어 아내가 되겠다는데 어찌 안 될 게 있겠소?"

그녀는 재배하고, 계집종으로 하여금 약상자를 가져오라고 하여 환약 한 알을 꺼내어 칼로 긁어 노패의 어머니에게 먹이니, 여러 해를 괴롭게 앓던 병이 일시에 다 나았다.

노패는 즉시 예의를 갖추어 혼례를 치르고 그녀를 아내로 삼았다. 그녀는 조석으로 시어머니를 공경하고, 부녀자의 도리를 엄히 차리되, 열흘에 한 번씩 돌아가기를 청하였다. 노패가 종과 수레를 차려서 보내려 하니, 그의 아내는 굳이 사양하고, 올 적에 타고 온 말과 더불어 온 종을 데리고 나갔는데, 그 자취를 알 수가 없었다.

노패는 아내의 뜻을 어기지 않으려고 그녀가 가는 곳을 찾지 않았으나 마음속으로 괴이하게 여겼다.

　하루는 그의 아내가 나가는 때를 기다려 몰래 지름길로 가서 엿
보았다. 그녀가 장안성의 동문인 연흥문으로 나가자, 그녀가 탄 말
이 공중으로 걸어가는 것이었다. 노패는 놀라 길 가는 사람들에게
물어보았으나 누구도 그 광경을 본 사람이 없었다. 노패가 계속 그
녀를 따라가니 도성 동쪽 무덤을 묻는 곳에 이르러 무당이 굿을 하
며 술을 땅에 뿌리고 있었다. 그의 아내는 말에서 내려 그 술을 받아
먹고, 계집종은 뒤를 따라 지전을 거두어 말에 실으니, 지전은 즉시
변하여 구리돈이 되는 것이었다.

　그의 아내가 막대로 땅을 그으면, 무당이 즉시 그은 데를 가리키
며 이르기를,

　"여기가 가히 사람을 묻을 만하다."

하고 묘지 자리를 정해주면, 그의 아내는 즉시 돌아오는 것이었다.
노패는 마음속으로 싫은 생각이 들어서 집으로 돌아가 그가 본 사

실을 어머니에게 아뢰었다. 그의 어머니가 말하기를,

"내가 벌써 요괴인 줄을 알았느니라. 이제 어찌하겠느냐?"

하였는데, 이때부터 그의 아내는 노패의 집에 발길을 끊은 듯이 오지 않았다. 그녀가 오지 않는 것을 노패도 다행으로 여겼다.

20여 일이나 지난 후에 노패가 마침 남쪽 길거리로 나가다가 문득 그녀를 만나게 되었다. 노패가 그녀를 불러 말하였다.

"부인은 어찌하여 오래 돌아오지 아니하시오?"

그녀는 돌아보지 않고 말을 달려가더니 이튿날 계집종을 보내 이르기를,

"저는 진실로 그대의 배필은 아니랍니다. 그대가 효행이 있으므로 제가 감격하여 그대의 아내가 되었는데, 이제 의심하시는 것을 보게 되어 영결하려 합니다."

하였으므로, 노패가 그 계집종에게 물었다.

"아씨께서는 지금 어디에 계시느냐?"

계집종이 이르기를,

"아씨께선 벌써 자의 벼슬을 하시는 이씨에게 개가하셨답니다."

하므로 노패가 말하였다.

"아씨께서 비록 나를 버리고자 하나 어찌 그리 급히 하는 것이냐?"

그 계집종이 이르기를,

"아씨는 토지신이십니다. 장안성 3백 리 안에 사람 묻는 것을 관장하고 계신답니다. 몸은 성중에 계시면서 산 사람의 아내가 되어 능히 복을 가져다주시지요."

하고 또 이르기를,

"아씨께서는 아무데서도 잘 지내시겠지만, 그대는 복이 적어 아씨와 헤어진 것입니다. 아씨를 매양 아내로 삼았던들 그대의 온 집안사람들이 다 지상선이 될 것이었습니다."

하였다.

평생 모은 은덩이를 다 잃은 금유후

송나라 때 도읍지인 하남성 개봉부에 금유후라는 사람이 있었다. 평생의 성품이 탐욕스럽고 인색하였으나 집안 형편이 그다지 넉넉하지는 못하였다.

죽은 뒤에 어찌할 것인가를 밤낮으로 염려하다가 은자를 모아 백 냥이 차면 녹여서 큰 덩이를 만들어 붉은 실로 허리를 묶어 침상에 두고 조석으로 어루만지곤 하였다. 일생 동안 모았더니 그렇듯 큰 덩이의 은이 여덟 덩이였다.

유후는 네 아들을 두었고, 나이는 일흔 살 남짓하였다. 그의 생일이 되자 네 아들이 만수무강을 비는 술잔을 올렸다. 유후는 네 아들이 장성한 것을 보고 흐뭇하여 아들들을 앞으로 불러 말하기를,

"내가 하늘이 내려주신 복을 입어 너희들을 거느리고 일생을 가난하거나 고생스럽게 지내지는 않았다. 내가 평소에 아껴 쓰고 저축한 결과로 은 여덟 덩이가 모였느니라. 날을 가려 너희들에게 둘씩

나누어 줄 것이니, 그것을 대물림하는 보배로 삼아라."

하니, 네 아들이 매우 기뻐하며 돌아갔다.

이 날 밤, 유후는 술에 취한 채 침상 위에 누워서 은덩이를 만지다가 잠이 들었다.

한밤중에 그는 침상머리에 발걸음 소리가 들려 잠이 깨었다. 도둑이 든 듯하여 자세히 들어보니, 서로 예를 다해 길을 양보하며 다가오는 거동이었다.

사위어 가는 등불 빛이 깜빡이므로 휘장을 들치고 보니, 여덟 사람이 몸에 흰 옷을 입고 붉은 띠를 띤 차림으로 머리 숙여 인사하며 이르기를,

"우리 형제들은 하늘이 보내주신 까닭에 마땅히 이 집에 있으면서 주인어른의 사랑하심을 입어 사람이 되었지요. 주인어른이 돌아가신 후를 기다려 아무데로나 가려하였어요. 이제 들으니, 주인어른께서는 장차 우리들을 나누어 모든 아드님들에게 주려 하시더군요. 하지만 우리들은 아드님들과는 본디 연분이 없답니다. 이런 까닭에 먼저 와서 작별하고 아무 고을 아무 마을에 사는 왕씨 집으로 갑니다. 이후에도 주인어른과의 인연은 다하지 않았으므로, 한 번 만나게 될 것입니다."

하고 몸을 돌이켜 갔다. 유후는 그 까닭을 알지 못하였으므로 깜짝 놀라 몸을 돌이켜 침상에서 내려와 멀리 바라보니, 여덟 사람이 문을 나가는 것이 보였다. 급히 따라가다가 문지방에 걸려 넘어지는 순간 놀라 깨니 한바탕 꿈이었다. 일어나 앉아 등잔불을 돋우고 은

덩이를 더듬어 보니 여덟 덩이가 다 간 곳이 없었다. 꿈속에서 그들이 한 말을 생각하고는 탄식하며 말하기를,

"내가 일생 동안 이 은을 힘들게 모아 사후의 대책을 삼아 자손들에게 나누어주려 하였는데, 이제 이르러 남들이 보관해 둔 것이 될 줄을 어찌 알았으랴?"

하고 마음이 황홀하여 잠을 이루지 못하였다.

이튿날 그는 네 아들에게 꿈에서의 일을 자세히 말해주었다. 네 아들이 생각하기를,

'아버님이 취중에 그 은을 남들이 가져가도록 허락하시고는 깬 후에 뉘우쳐져서 틀림없이 이런 괴이한 말씀을 하시는 것이리라.'

하고 믿지 아니하였다.

유후가 꿈속에서의 말을 기억하여 급히 왕씨의 집을 찾아가보니, 왕씨는 바로 소·양·돼지 등 세 가지 제물을 갖추어 귀신을 공양하고 있었다.

왕씨가 나와 맞으며 물었다.

"어르신께서 누추한 곳에 오셨으니 무슨 일이 있습니까?"

유후가 대답하기를,

"노부가 한 가지 의혹되는 일이 있어서 갑자기 댁에 와서 소식을 묻는 것이오. 혹시 요즘 댁에서 무슨 일을 겪지 않으셨나요? 반드시 연고가 있을 것이니 사실대로 알려주시기를 청합니다."

하니, 왕씨가 말하였다.

"요사이 제 아내의 병이 중해져서 점쟁이에게 물었는데, 그가 이

르기를,

　'침상을 옮기면 즉시 좋아질 것이오.'

하였답니다. 어제 밤에 제 아내가 병중에 황홀한 상태에서 보니, 여덟 백의인이 허리에 붉은 띠를 띠고 제 아내에게 이르기를,

　'우리들이 본디 금씨의 집에 있다가 이제 인연이 다하여 댁에 와서 의탁하려 합니다.'

하고 말을 마치며 침상으로 들었답니다. 제 아내가 놀라 깨어났는데, 이로부터 제 아내는 병이 나았습니다. 뿐만 아니라 침상을 옮겼더니 은이 여덟 덩이가 있었지요. 붉은 실로 허리를 매고 있었습니다. 어느 곳에서 온 것인지 알 수는 없었지만, 이게 다 천지신명께서 보살펴 주신 것이라 여겼습니다. 이런 까닭에 제물을 갖추어 천지신명께 사례하고 있었는데, 이제 어르신께서 오셔서 물으신 것이지요. 이를 알고 오신 것이 아닙니까?"

　유후가 발을 구르며 말하였다.

　"그 은은 노부가 일생 동안 모은 것이오. 전날 한 꿈을 꾸고 나서는 보지 못하였소. 꿈에서 댁의 성명과 거주를 자세히 말해준 까닭에 이렇게 찾아오게 되었소. 이제 천수가 이미 정해졌구려. 노부는 원망할 것이 없소. 다만 한 번만 그 은을 보여주어 노부의 의혹된 마음을 풀어주시는 게 어떻겠소?"

　왕씨가 웃으며 말하기를,

　"그거야 쉬운 일이지요."

하고는 즉시 네 아이를 불러 쟁반에 두 덩이씩 담아서 내어오게 하

였다. 유후는 대경하여 눈물이 흐르는 것도 깨닫지 못한 채 어루만
지며 말하였다.

"노부가 이렇듯 박복하구나!"

왕씨가 아이를 불러,

"도로 들여가라."

하고는 유후가 슬퍼함을 보고 불쌍히 여겨 은 석 냥을 베어 유후에
게 주니, 유후는 사양하며 이르기를,

"노부가 복이 없어 이렇게 재물을 지키지 못했는데 어찌 그걸 가
져가겠소?"

하였다. 왕씨가 권하여 유후의 소매에 넣어 주었는데, 유후는 재삼
사양하다가 왕씨의 간청으로 받게 되었다. 왕씨와 작별하고 집으로
돌아온 유후는 네 아들에게 그 간의 경과를 자세히 말해준 뒤, 또
말하기를,

"왕씨가 준 은이 소매에 있다."

하였다. 그러나 분명히 얻었는데 은이 보이지 않는 것이었다. 유후가 왕씨에게 사양할 때에 왕씨가 실수로 윗옷 소매에 넣어 주었는데, 그 소매에 조그만 구멍이 있었는지라, 그 은이 구멍으로 빠졌으나 유후는 모르고 가버려서 마침내 왕씨가 도로 얻게 되었던 것이다.

도사로 둔갑한 협구의 호랑이

당나라 현종 시절, 섬서성의 협구라는 땅에 범이 많이 있어서 왕래하는 뱃사람들이 모두들 피해를 입곤 하였다. 그 후부터 배가 협구를 지나갈 때면 배에 탄 사람들 가운데 한 사람을 내어 범에게 먹이로 주고 가야 호환이 없고, 그리하지 않으면 뱃사람들이 모두 상하였다.

하루는 상인들이 탄 배가 그곳을 지나게 되었다. 배에 탄 사람들이 다 같은 무리들이고 그 중의 한 사람만이 낯선 사람이었다. 모두들 그를 잡아내어 강 언덕에 내리게 하고 배를 저어나가는 것이었다. 그 사람이 이르기를,

"나는 아는 사람도 없고 가난하니 오늘 마땅히 호랑이 밥이 되겠소만, 한 가지 청이 있는데 모두들 들어주시겠소?"

하였다. 모두들 이르기를,

"무슨 말인지 들어 봅시다."

하니 그 사람이 이르기를,

"내가 이제 산으로 들어가 호랑이의 자취를 찾게 되면 자연히 할일이 있을 것이니, 나를 위해 배를 여울 아래 머물러두고 오후쯤되어서도 오지 않거든 배를 저어 출발하시오."
하는 것이었다.

모두들 그리하겠다고 하자, 그 사람은 도끼 한 자루를 들고 산속으로 들어갔다. 인적은 찾아볼 수 없었고, 수풀이 가장 깊은 곳에 호랑이의 자취가 여기저기 있었다.

한동안 들어가니 큰 석실이 있고, 그 가운데 석상이 놓여 있었다. 석상 위에는 한 도사가 누워 잠이 깊이 들었고, 그 곁에는 호랑이 가죽 하나가 걸려 있었다. 그 사람이 도끼를 들고 석상에 올라 가죽을 빼앗아 제 몸의 걸치고 곁에 서 있으니, 그 도사가 놀라 잠에서 깨어나 말하였다.

"내 너를 오늘 응당 먹으려는데, 네 어찌 내 가죽을 훔쳤느냐?"

그 사람이 이르기를,

"내가 너를 먹을 것인데 어찌 그런 말을 하느냐?"

하고 둘이 한참 동안 서로 말로 겨루었다. 도사가 말문이 막히자 이르기를,

"내가 옥황상제께 죄를 짓고 여기에 귀양 와서 호랑이가 되어 일천 명의 사람을 잡아먹어야만 하게 되었다. 벌써 잡아먹은 것이 999명이니, 너만 마저 잡아먹으면 그 수가 찰 것인데, 불행하게도 네게 가죽을 빼앗겼구나. 이제 가죽을 주지 않으면 호랑이가 되어 또 다시 일천 명을 잡아먹을 것이다. 이제 한 가지 계교가 있는데, 우리 둘에게 다 좋을 것이다. 어떠냐?"

하였다. 그 사람이 이르기를,

"말해 봐라."

하자 도사가 말하였다.

"네가 내 가죽을 가지고 배에 돌아가서 네 머리털과 수염과 수족을 베고 몸의 피를 조금 내어 입던 옷에 싸서 가지고 있다가 내가 가거든 가죽을 나에게 주고 그대의 옷을 내던지면 내가 너를 잡아먹은 것이나 다르지 않을 것이니, 언약대로 하라."

그 사람이 호랑이 가죽을 가지고 배로 돌아가자 모든 사람들이 놀라 물으므로, 그 이야기를 자세히 말해주었다. 그런 뒤에 도사가 말한 대로 해두고 기다렸다.

한참 뒤 도사는 어느새 물가로 와 있었다. 그가 가죽을 내던지자,

도사는 가죽을 입고 소리를 지르며 뛰놀더니 큰 호랑이가 되는 것이었다. 그가 가지고 있던 옷을 내던지자, 호랑이는 옷을 받아 짓씹어먹고 사라졌다. 그 후부터는 호랑이가 사라져 일절 나타나지 않았다.

원숭이의 정령을 아내로 맞은 손각

　손각이라는 선비가 과거에 낙방하고 장안에서 두루 노닐다가 위왕지라는 못가에 이르렀다. 문득 큰 집이 못가에 있었는데, 길 가던 사람이 그 집을 가리키며 말하기를,

　"여기는 원씨의 집이오."

하였다. 손각이 그 집에 들어가 문을 두드렸으나 대답을 하는 사람이 없었다. 문 곁에 작은 방이 있었는데 자리와 휘장이 깨끗하므로,

　'틀림없이 손님을 대접하는 집이로군.'

하고 발을 들고 들어가 앉아 쉬고 있었다.

　이윽고 문을 여는 사람이 있으므로 엿보니, 한 여자가 보이는데 얼굴이 절색이요, 의복이 화려하였다.

　뜰에서 원추리 꽃을 꺾으며 글을 읊다가 발을 들어 손각을 보고는 놀라 들어갔다. 그녀는 나이를 먹은 계집종을 불러 꾸짖는 말을 대신하게 하였다.

"그대는 어떤 손님이기에 이리 깊은 곳까지 들어오셨나요?"

손각이 대답하였다.

"마침 지나가다가 앞에 다른 인가가 없는지라, 잠깐 들어와 쉬고 있었어요. 낭자를 놀라게 하여 두렵고 부끄럽게 생각하고 있으니, 이 뜻을 낭자께 말씀해 주시오."

그 계집종이 들어가더니 즉시 나와 낭자의 말을 전하기를,

"추한 얼굴을 이미 다 보았으니 어찌 다시 피하겠어요? 낭군께서 잠깐 머무시면 화장을 고친 후에 나가 뵙겠어요."

손각은 너무 기쁜 나머지 분에 넘치는 희망을 갖고 그 계집종에게 물었다.

"낭자는 어느 댁의 따님인가?"

계집종이 대답하기를,

"원 장관의 따님이신데, 일찍이 양친을 여의고 외로이 되어 종족이 없답니다. 다만 우리 세넷과 함께 이 집에서 살고 있지요. 요즘 혼처를 구하고 있으나 아직 얻지 못했답니다."

하였다.

이윽고 낭자가 나왔는데, 고운 태도가 처음 볼 때보다 더욱 빛났다. 그녀는 계집종에게 명하여 차를 내오라고 하고 이르기를,

"낭군께서 머물 집이 없으면 이곳에 머무시고, 필요하신 것이 있으면 이 어멈에게 말씀하세요. 그러면 마땅히 챙겨 드릴 것입니다."

하였다. 손각은 깊이 사례하고 그 집에 머물렀다.

손각은 그때까지 미혼이었는지라 그녀의 절색을 보고 중매를 얻어,

"들어가 청혼을 해주시오."

하였다. 낭자도 또한 기꺼이 허락하자, 중매쟁이가 나와 손각에게 청혼을 받아들였다고 알려주었다. 손각은 크게 기뻐하며 택일하여 혼례를 치렀다.

그녀의 집은 부유하여 재물이 많았다. 손각이 곤궁하다가 거마와 의복이 일시에 빛나게 되자, 친구들이 다들 그 까닭을 의심하여 물었다. 그러나 손각은 속이고 말하지 않았다.

그리고는 마음속에 교만한 뜻을 두어 벼슬을 구하지 아니하고 날마다 부호나 귀족 집 자제들과 어울려 술 마시고 놀음놀이만 하였다.

손각은 두어 해가 지난 후에 사촌형인 장한운 처사를 만나자 말하기를,

"오래 떠났다가 만났으니 오늘 밤은 함께 자며 조용히 이야기나 합시다."

하였다. 장생이 손각의 집으로 가서 함께 이야기를 나누다가 밤이 든 후에 손각의 손목을 잡고 은밀하게 말하였다.

"내가 도술을 닦는 공부를 좀 했는데, 자네의 얼굴을 보니 요사스러운 기운이 많구먼. 무슨 일이 있는지 내게 속이지 말고 자세히 말해 보게."

손각이 속이고 바로 말하지 않자, 장생이 말하였다.

"자네 얼굴에 정기가 적고 진액이 메말라가니 틀림없이 요귀에게 홀린 듯하네. 이를 피하지 않으면 오래지 않아 화가 닥칠 것이야.

어째서 나를 속이는가?"

손각은 그제야 깜짝 놀라 깨닫고는 그녀와 혼인하게 된 이야기를 자세히 말하였다. 장생이 놀라 말하기를,

"그 때문에 그랬군. 어찌 나라 안에 친척이 없는 원씨가 있겠는가? 내게 보검 한 자루가 있는데 전부터 효험이 있다네. 내 자네에게 빌려줄 것이니 깊은 방에 세워 두게나. 틀림없이 싫어하는 일이 생길 걸세."

하였다. 손각이 그 칼을 받아 방안에 두고 생각하기를,

'내가 오래도록 힘들게 다니다가 그녀와 혼인한 후에 가업이 풍족하여졌는데 어찌 차마 그 은혜를 저버린단 말인가?'

하고 몹시 어려워하는 빛이 있었다.

원씨는 벌써 그 일을 알고 크게 노하여 손각을 꾸짖었다.

"당신은 곤궁하게 다니다가 저로 인해서 시름겨운 마음을 풀어버렸는데 오늘날 어찌 이런 못된 짓을 한단 말입니까?"

손각은 원씨에게 머리를 조아리고 부끄러워하며 말하기를,

"내 사촌형이 시킨 일이지 내 생각이 아니오. 원컨대 맹세코 다른 뜻을 두지 않겠소."

하였다. 원씨는 그 칼을 뒤져 찾아내서는 낱낱이 끊어버렸다. 손각이 더욱 두려워하자 원씨가 웃으며 말하였다.

"장생이 그 아우를 의리로 가르치지 않고 흉측한 짓을 시켰으니, 다시 오면 내가 반드시 욕을 하겠어요. 당신과 함께 살아온 지 벌써 두어 해나 되었는데 당신은 어째서 저를 의심하세요?"

손각은 약간 안심이 되었다. 그는 두어 날 후에 장생을 만나 이 이야기를 해주었다. 장생이 놀라 이르기를,

"이는 나의 알 바가 아니로군."

하고 두려워서 다시는 오지 않았다.

손각은 원씨와 여남은 해를 함께 살면서 두 아들을 낳고 집안 다스리기를 매우 엄히 하였다. 그 후에 강남땅의 판관 벼슬을 하여 일가를 거느리고 부임하러 가는 길에 높은 산과 푸른 소나무를 만나면 원씨는 그때마다 마음속으로 슬퍼하는 듯하였다. 광동성의 단주땅에 이르러 원씨가 이르기를,

"이 앞으로 반나절쯤 가는 거리의 강가에 협산사라는 절이 있는데, 내 일가친척이 중이 되어 그 절에서 살고 있어요. 이별한 지 20여 년이 되었는지라 들어가 한 번 만나보고 겸하여 부처님께 복을 빌겠어요."

하였다. 손각이 재에 쓸 물품을 장만하여 절로 갔다. 원씨는 매우 즐겁게 화장을 다시 하고 옷을 갈아입은 뒤 두 아들을 데리고 늙은 중의 집으로 곧장 들어갔다. 찾아가는 길이 원씨에게 매우 익숙해 보이므로, 손각은 마음속으로 수상하게 여겼다.

원씨가 옥으로 된 고리를 가져다가 중에게 드리고 말하기를,

"이것은 예전에 절에 있던 물건입니다."

하였는데, 그 중도 알지 못하였다.

재를 파하자, 야생 잔나비 20여 마리가 팔을 서로 걸고 높은 소나무로 내려와 슬피 울부짖으며 칡넝쿨을 헤치고 뛰놀았다. 원씨는

몹시 서러워하는 빛이 있더니, 붓을 가져다가 절의 바람벽에 다음
과 같은 글을 지어 썼다.

구태여 은혜로운 정을 입어 이 마음을 괴롭게 하였는데,
무단이 변화하여 얼마나 인간 세상에 빠졌는가.
벗을 따라 산으로 돌아감만 같지 못한지라,
길게 부는 휘파람 한 소리에 안개만 아득하구나.

그리고는 붓을 땅에 버리고 두 아들을 어루만지며 두어 소리를
슬피 울고 손각에게 이르기를,
"잘 계세요. 내 마땅히 영결하려 합니다."
하고 옷을 찢어버리고는 변하여 늙은 잔나비가 되어 야생 잔나비들
을 따라 깊은 산으로 들어가며 자주 돌아보았다. 손각은 놀라고 서
러워하더니 한참 뒤에 마음을 진정하고 중에게 물었다. 중은 그제

야 깨닫고 이르기를,

"이 잔나비는 내가 상좌로 있을 적에 기르던 것이라오. 현종 황제 때 환관인 고력사가 지나가다가 이 잔나비가 슬기롭고 민첩한 것을 보고 비단을 주고 사다가 황제께 드렸답니다. 그때에 고력사가 오면 이 잔나비의 영민하고 비범한 것을 일컬으며 항상 상양궁에 두고 길들였는데, 안록산의 난에 간 곳을 알지 못하게 되었지요. 슬프다! 오늘날 다시 그 괴이함을 보게 되다니! 옥지환은 본디 남해의 섬나라인 가룽 사람에게서 얻은 것이었어요. 그 당시 잔나비의 목에 매고 갔었는데, 이제야 알겠구려!"

하였다. 손각은 더욱 슬프게 여겨 배를 뭍에 대고 6~7일을 묵고는 두 아들을 데리고 도로 집으로 돌아갔다.

오군산에서 까마귀 정령을 만난 서중산

중국 복건성에 있는 오군산은 유명한 산으로, 건안 고을에서 서쪽으로 백 리 떨어져 있었다. 그 땅에 서중산이라는 도사가 있었는데, 젊어서부터 신선을 구하여 해가 오래될수록 뜻이 더욱 굳어졌다.

하루는 중산이 그 산을 지나가다가 불의에 급한 비를 만나 사방이 어두워져서 길을 잃고 말았다. 번갯불이 번쩍이는 가운데 집 한 채가 보였는데 관사 같았다. 비를 피하느라 문에 이르니, 비단옷 입은 한 사람이 있다가 중산을 보고 이르기를,

"이 땅에 사는 도사로군요."

하므로 중산이 인사를 하고는 비바람을 피하고자 하는 뜻을 말하였다. 그러자 그가 절하고 이르기를,

"저는 이곳의 문지기로 있는 소형이라고 합니다."

하고 맞아들이므로 중산이 물었다.

"전부터 보아도 이 땅에 이런 집이 없었는데 어찌 된 관부가 갑작

스레 지어졌습니까?"

소형이 대답하기를,

"여기는 신선들이 사는 곳이고, 나는 곧 문지기로 있는 관원이라오."

하였다.

한참 뒤에 낭자 한 사람이 나오는데 무늬가 있는 저고리에 붉은 치마를 입고 왼손에는 비단에 수놓은 깃발을 잡고 있었다. 그녀가 전하기를,

"문지기는 밖에서 어떤 사람과 서로 통하면서 안에 와서 이르지 않는 것이오?"

문지기가 대답하기를,

"이 땅에 사는 서중산이라는 도사입니다."

하였다. 한참 뒤에 또 전하기를,

"선관께서 서중산을 불러들이라 하시오."

하고 처음에 나왔던 낭자가 중산을 인도하여 중당으로 들어갔다. 그곳에는 한 장부가 앉아 있었다. 나이는 50세가량 되어 보였는데, 피부와 수염이 다 희었다. 그가 중산에게 말하였다.

"그대가 여러 해 동안 도를 닦아 세속에서 뛰어나다는 것을 알고 있네. 내게 작은딸이 있는데 제법 도교의 가르침을 익혔다네. 그대와 더불어 묵은 인연이 있는데, 오늘이 바로 길일이니 혼례를 행하도록 하게."

하였다. 중산이 일어나 절을 하며 사례하니, 선관이 말리고 말하기를,

"내가 아내를 잃은 지 벌써 7년이 되었네. 아홉 명의 자식을 두었는데, 아들이 셋이요, 딸이 여섯일세. 그대의 아내가 될 아이는 가장 작은딸이라네."

하고는 후당에 명하여 술과 음식을 갖추게 하고 중산을 정성껏 대접하여 잔치를 베풀었다.

밤이 점점 깊어지자 패옥소리가 들리더니 이윽고 기이한 향기가 좌중에 퍼지며 등촉이 환하게 밝혀졌다. 중산을 인도하여 별당으로 들어가 혼례를 마친 후에, 중산은 사흘을 그곳에서 머물렀다.

중산은 마음속으로 매우 흐뭇하여 집안을 두루 돌아보았다. 서쪽으로 향하다가 한 채의 너른 집에 이르렀다. 그곳에는 깃이 달린 날짐승의 껍질이 걸려 있었다. 14개는 푸른 껍질이었고, 그 나머지는 다 까마귀의 껍질이었다. 까마귀 껍질 중의 하나는 흰 까마귀의 껍질이었다.

또 서쪽과 남쪽 사이로 가니 49개의 깃을 걸어놓았는데, 다 올빼미의 껍질이었다. 중산은 속마음으로 괴이하게 여기며 자신이 있던 방으로 돌아왔는데 그의 아내가 물었다.

"그대는 아까 나가서 무엇을 보았기에 안색이 변하셨어요?"

중산이 미처 대답을 하지 못하고 있는데 그의 아내가 말하였다.

"신선들이 가볍게 날 수 있는 것은 다 날개옷을 입기 때문이랍니다. 그렇지 않다면 어떻게 잠깐 사이에 만 리를 갈 수 있겠어요?"

중산이 물었다.

"까마귀 깃은 누구의 것이오?"

그의 아내가 대답하였다.

"그건 아버님의 옷이랍니다."

또 묻기를,

"푸른 옷은 누구의 것이오?"

"항상 부리는 시비의 옷이에요."

"나머지 까마귀 깃은 누구의 것이오?"

"그건 우리 형제들이 입는 옷이지요."

또 묻기를,

"올빼미 깃은 누구의 것이오?"

하자 그의 아내가 말하였다.

"그건 야간 통행금지와 해제를 관리하는 사람의 옷이랍니다. 문지기 소형 같은 사람 말입니다."

말을 미처 마치지 못해서 홀연 놀라 떠드는 소리가 들려오므로,

그 까닭을 물으니 그의 아내가 말하기를,

"시골사람들이 사냥하느라 불을 놓아 산을 불태우네요."

하다가 이윽고 모두들 말하기를,

"새 신랑에게 옷을 만들어 입히지 못하였으니 오늘 이별이 너무 갑작스럽다고 할 수 있겠군!"

하고는 각각 걸어놓은 깃을 가져다가 몸에 걸치며 사방으로 날아갔는데, 그 집은 아무것도 없이 사라지고 빈 산기슭뿐이었다.

신선이 된 이정의 소식을 들은 단 도사

중국 강소성 소주의 상숙현에 있는 원양관에 단씨 성의 도사가
있었는데, 법명은 이청이었다.

그가 당나라 대종 때에 절강성 가흥으로 가다가 배에 올랐는데
기이한 향내가 나므로 의심하여 배 안에 있는 사람들을 돌아보니
다 장사꾼의 무리였다. 뱃머리에 한 사람이 앉아 있는데, 얼굴이 남
달랐다. 단 도사가 방석을 가까이 하여 여러 날 친근하게 지냈는데
향기가 더욱 심하므로 은근히 물었더니 대답하기를,

"나는 본디 이 땅 사람인데 젊어서 문둥병을 앓아서 눈썹이 다
빠지고 얼굴이 점점 흉해져서 내 마음에도 몹시 보기 싫었소. 스스
로 깊은 산 속으로 도망쳐서 호랑이나 맹수의 밥이 되어 죽으려고
했지요. 이틀가량 들어가니 산길이 점점 깊어지고 인적이 끊어졌는
데, 문득 한 노인을 만났지요. 그 노인이 나에게 묻기를,

'너는 어떤 사람이기에 멀리 이 산골짜기에 들어왔느냐?'

하므로 내 사정을 다 말했지요. 노인이 불쌍히 여기며 말하기를,

  '나를 따라오너라.'

하는 것이었소. 노인을 따라 10여 리를 들어가니 한 줄기 시내가
흐르더군요. 물을 건너 10여 걸음을 지나가니 땅이 넓은데 초당 두
어 칸이 있더군요. 노인이,

  '너는 이 집에서 한 달만 머물러라. 내가 다시 와 보마.'

하고는 환약 한 알을 주어 먹이고 또 말하기를,

  '황정과 마와 대추와 밤이 많이 있으니 마음껏 먹어라.'

하고 노인은 산 속으로 들어가 버렸소. 그리하여 내가 초당 안에
들어가 약을 먹은 후로부터는 배고픈 줄도 목마른 줄도 모르게 되
었고 몸도 점점 가벼워지더군요. 두 달가량 지난 후에 노인이 와서
보고 웃으며 말하기를,

  '그대가 그저 있는 것을 보니 내 말귀를 알아들었다고 할 수 있겠

구나. 그대의 병이 벌써 나았는데 그대는 알고 있는가?'

하므로,

　'저는 모르겠는데요.'

하니 노인이,

　'물에 가서 비춰보게.'

하므로 즉시 물에 가서 얼굴을 비춰보니 눈썹이 다 나고 얼굴빛이 어릴 적 같더군요. 노인이,

　'그대는 여기에 오래 있지 못할 것이야. 이미 내 약을 먹었으니 다만 병이 나았을 뿐만 아니라 인간 세상에서 장생불사할 게야. 그러려면 행실과 도를 닦아야 하네. 20년 후에 다시 만나세.'

하므로, 나는 하직하고 물었지요.

　'선생의 성명을 알고 싶습니다.'

노인은,

　'그대는 당나라 때 위국공 이정을 들어보지 못했는가? 이 몸이 곧 이정일세.'

하는 것이었소. 그 노인은 바로 당나라 때 이 위공이었던 것이오. 내가 산에서 나온 후로 도를 닦은 일은 없으나 그 분과 만날 연한이 곧 다가오니 다시 산으로 들어가 스스로 찾아볼 생각이오."

하는 것이었다.

딸과 조카딸을 살려낸 장박

장박이라는 사람은 자를 공직이라고 하였는데, 강소성의 오군 태수가 되어 강서성에 있는 여산 아래로 지나가고 있었다. 온 집안 사람들이 여산신의 사당에 들어가 구경하는데, 한 계집종이 장박의 딸에게 장난삼아 흙으로 빚은 신상 하나를 가리키며 말하기를,

"이 신으로 배필을 삼으실 것이에요."

하였다.

그 날 밤, 장박의 아내의 꿈에 여산의 산신이 폐백을 보내며 말하기를,

"못난 자식이 기특하고 장하지는 못하지마는, 사위를 가리는 데에 거두어 준 것을 감격하여 작은 예로 미미한 정을 표합니다."

하는 것이었다. 장박의 아내가 깨어나 괴이하게 여기고 있는데, 계집종이 딸에게 장난친 일을 말하는 것이었다.

장박의 아내는 두려워하며 남편을 재촉하여 바삐 길을 떠났다.

배를 타고 건너다가 물 가운데 다다랐을 때 배가 돌며 가지 않는
것이었다. 배에 탄 사람들이 두려워하며 배에 있던 여러 가지 물건
들을 강물에 던졌으나 배는 여전히 나아가지 않았다. 어떤 사람이
말하였다.

　"당신 딸을 물에 넣어야 배가 갈 것이오."

　모두들 그 말을 듣고 말하기를,

　"신의 뜻을 알 수 있겠소. 어찌 딸 하나로 한 집안사람들을 모두
죽이겠소?"

하였다. 장박이 말하기를,

　"나는 차마 못 보겠소."

하고 선실 지붕 위에 올라가 누워서는 아내에게 딸을 물에 넣으라
고 하였다. 장박의 아내가 죽은 시아주버니의 딸을 자신의 딸 대신
물에 빠뜨리자 배가 즉시 나아갔다. 장박이 들어와 자신의 딸이 그

대로 있는 것을 보고 노하여 말하였다.

"내가 무슨 낯으로 세상에 나서겠소?"

하고는 자신의 딸을 마저 물에 빠뜨렸다.

한참 뒤에 보니 자신의 딸과 조카딸 두 사람이 물 위에 뜨고 아전인 듯한 사람이 물가에 서서 말하기를,

"나는 여산 산신 밑에서 주부 벼슬을 하고 있소. 산신께서 그대의 높은 의리를 공경하여 이 낭자들을 도로 보내고 나로 하여금 사례하라고 하셨소이다."

하고는 간 곳이 없었다. 즉시 딸과 조카딸을 건져내어 물속에서 있었던 일을 물으니 대답하기를,

"다만 큰 집과 아전과 군사들이 있는 것만 알았을 뿐 물에 빠진 것은 생각하지 못했어요."

하는 것이었다.

어린 신선 장전소

강소성 오군의 장생은 신선이 되기 위해 젊어서부터 집을 버리고 절강성의 사명산에 은거하여 도사를 따라다니며 불사약을 만드는 연단술을 배웠는데, 10년을 공부하였으나 끝내 이루지 못하였다.

그 후, 호북성의 형문에 가서 노닐다가 저잣거리에서 구걸하는 아이를 보았는데, 옷을 벗고 병이 들어 입을 떨며 말을 하지 못하였다. 장생은 가엾이 여겨 자신이 입고 있던 가죽 옷을 벗어서 입혔다. 그리고는 앞에 두고 심부름을 시키며 집에 대해 물으니 그 아이가 대답하기를,

"저는 옛날 초나라 지역 출신인 장씨의 아들로 이름을 전소라고 합니다. 강서성 남창에 살 때는 좋은 밭이 4백 이랑이나 있었답니다. 흉년을 만나 호북성 형주와 강릉 사이에서 10년을 유랑하다 보니, 밭은 관가에 편입되고 몸은 병들어 돌아갈 힘이 없습니다. 군자께서 가엾이 여겨 저를 받아주신다면 다행이겠습니다."

하였다. 장생은 그 아이를 사명산으로 데리고 왔다.

전소는 몹시 게을러서 낮잠만 자고 일을 하지 않으므로, 장생이 매번 꾸짖고 매질하였는데, 그런 일은 이루 헤아릴 수가 없었다.

장생이 벼루를 책상 위에 놓아두었더니 전소가 장생에게 말하였다.

"선생께서 신선을 좋아하여 연단 공부를 하신 지가 오래되셨네요. 연단을 먹으면 뼈가 금으로 바뀐다니 어찌 장생불사하지 않겠습니까? 선생의 신단이 능히 돌을 금으로 바뀌게 하실 수 있는지요? 그렇게 하실 수만 있다면 선생의 도술을 인정하겠습니다."

장생은 자신이 그리 못할 줄 알고 심히 부끄러워 다른 말로 돌려 말하였다.

"네 놈은 남의 심부름이나 하는 녀석이 어찌 신선의 일을 알겠느냐? 다시 그 따위 말을 하기만 하면 매를 맞을 줄 알아라."

전소는 웃으며 나갔는데, 그 후에 또 옷 속에서 조그만 조롱박을 꺼내 보이며 장생에게 말하였다.

"이 조롱박 속에 선단이 있답니다. 능히 돌을 금으로 바꿀 수 있지요. 선생의 벼룻돌로 조금 찍어보시지요."

장생은 본디 성품이 맑았으므로 전소의 말이 헛되다고 여겨 말하였다.

"내가 연단을 배운 지 10년이나 되었지만 오히려 그 묘한 것을 얻지 못했는데, 심부름이나 하는 네 놈이 어찌 감히 어지러운 말을 하느냐?"

전소는 거짓으로 두려워하는 체하고 대답을 하지 않았다.

이튿날 장생이 혼자 산수 사이로 다니며 전소에게는 집을 지키라
고 명하고 문을 밖에서 잠근 채 나갔다. 저물어서야 돌아와 보니,
전소는 벌써 죽어 있었다. 장생은 전소의 주검을 삿자리로 싸두었
다가 관에 넣어 들에 내어가려고 삿자리를 벗기니 옷과 신만 있고 아
무것도 없었다. 장생은 매우 괴이하게 여기며,

'아니, 그 아이가 득도한 신선이었단 말인가?'

하고는 즉시 책상 위의 벼루를 보니 벼루도 간 곳이 없어 더욱 괴
이하게 여겼다.

하루는 선단을 만드는 화로 위에 기이한 빛이 비치므로 장생은
중얼거리기를,

'아니, 나의 선단이 이루어졌단 말인가?'

하고는 즉시 재를 헤치고 꺼내 보니, 벼루가 반쯤 금이 되어 들어
있었는데 몹시 빛이 나고 있었다. 전소가 금으로 바꾸어 놓은 것

이었다.

장생은 그제야 전소가 신선이었음을 깨달았다. 그러한 사실을 처음에 알지 못한 것을 한탄하였다. 그는 끝내 선단을 이루지 못하고 사명산에서 죽고 말았다.

신통한 무당의 관상술

하남성의 홍농군을 다스리는 수령에게 딸이 있었는데 노생과 정혼하였다. 혼인하는 날 여러 가지 기구들을 차려놓고 신랑이 장차 들어오려 할 때에 한 여자 무당이 잔치를 보러 왔으므로 신부의 어머니가 물었다.

"우리 작은 딸이 오늘 저녁에 노생에게 시집을 간다네. 자네는 노생을 자주 보았을 것이니 높은 벼슬을 하게 될는지 한번 봐 주게."

그러자 무당이 되물었다.

"노생이라면, 수염을 길게 기른 사람이 아닙니까?"

부인이 대답하였다.

"그렇다네."

"그 노생은 마님의 사위가 아닙니다. 마님의 사위는 얼굴이 아주 희고 수염이 없습니다."

부인이 물었다.

"내 딸이 오늘 저녁에 혼인을 하긴 하겠는가?"

"혼인은 될 것입니다."

부인이 물었다.

"혼인이 될 것이라면서 어째서 노생이 아니라 하는 건가?"

무당이 대답하였다.

"그 까닭은 모르겠습니다만, 노생은 필경 마님의 사위가 아닙니다."

이윽고 노생의 예물이 이르자, 부인이 무당에게 보여주며 노하여 꾸짖으니 그녀가 말하였다.

"일이 분명 오늘 저녁에 벌어질 텐데 어찌 감히 망령된 말씀을 올리겠습니까?"

이윽고 노생이 신부집에 이르러 신부를 맞는 친영의 예를 행하였다. 손님과 주인이 좌우에 서서 나오는 신부를 친히 맞는데, 노생이 문득 놀라 말을 타고 밖으로 달아났다. 따라왔던 손님들도 신랑의 뒤를 따라가서는 마침내 돌아오지 않았다.

주인은 본디 결기가 있는 사람인지라 분함을 이기지 못하였다. 자기 딸의 인물이 고운 것을 믿고 남아 있던 손님들을 다 청하여 앉혀놓고 딸을 나오게 하여 보여주었다. 고운 얼굴이며 아리따운 거동이 진실로 아름다웠다. 주인이 말하였다.

"이 아이가 어떻게 남을 놀라게 하겠습니까? 이 자리에 내어 보여 드리지 않으면 그대들은 틀림없이 내 딸이 짐승 같다고 할 것이므로 내어 보여드리는 것이오."

모든 사람들이 다 분해하자, 주인이 다시 말하였다.

"내 딸이 용하지는 못하나 옛글을 널리 안답니다. 여러분 가운데 이 아이에게 청혼할 사람이 있으면 내 딸을 오늘 저녁에 시집보내려 하는데 그대들의 뜻이 어떠하시오?"

둘러싸고 있던 사람들 가운데 정생은 벌써 벼슬을 하고 있었다. 그가 재배하며 말하였다.

"제가 신부를 섬기고자 합니다."

주인이 몹시 기뻐하며 손님 가운데 한 사람을 정하여 중매를 삼고 청혼서를 써서 혼례를 치렀다. 새신랑이 된 정생의 얼굴은 완연히 무당이 말하던 모습이었다.

후에 정생이 노생을 만나 그 당시의 일을 묻자 노생이 대답하였다.

"두 눈이 붉고 크기가 등잔만하고 두 어금니가 몹시 길어 입 밖으로 내밀었으니 어찌 놀랍지 않았겠는가?"

정생은 평소에 늘 노생과 친하였으므로 그의 아내를 내어 보이
니, 노생이 크게 부끄러워하며 물러갔다.

시해하여 신선이 된 정약

당나라 대종 때 위행식은 신강성 지역의 관리들을 감찰하는 서주 채방사로 있었다. 그에게는 자위라는 조카가 있었다. 자위는 젊은 나이에 총명하였고, 도를 좋아하여 매양 신선술을 배우고자 하였다.

그 마을에 정약이라는 군사가 있었는데, 부지런히 근무하고 공손하였으므로 자위는 그를 어여삐 여겨 항상 감싸주었다.

하루는 정약이 슬퍼하는 듯한 말투로 이르기를,

"다른 데로 가고자 합니다."

하는 것이었다. 자위가 노하여 말하기를,

"자네 이름이 군적에 올라 있는데 어찌 자네 마음대로 간단 말인가?"

하니, 정약이 말하였다.

"가려는 마음을 벌써 정하였으니 다시 머물 수는 없습니다. 제가 나리를 가까이 모시고 다닌 지 이제 2년째입니다. 그간의 정을 잊지 못하여 나리께 보답할 방법을 생각해보았습니다. 환약 한 알을 드리려 합니다. 이 약은 장생불사는 못할지라도 일생 동안 병은 없게 해드릴 것입니다."

하고 주머니에서 환약 한 알을 꺼내주고 또 말하기를,

"저는 배를 채울 밥이나 찾아다니는 사람이 아닙니다. 50년 후면 서울에 가서 서로 만날 것이니, 그때 서로 아는 체합시다."

하고 말을 마치며 나가는데, 자위가 따라갔으나 미치지 못하였다. 자위가 매양 잊지 못하고 정약을 찾을 뜻이 있었으나 마침내 종적을 알 수가 없었다.

그 뒤, 자위는 과거에 급제하여 지방 고을의 수령을 하며 다니다가 나이가 일흔이 되니 머리가 다 세고 말았다.

헌종 때였다. 장차 서울로 돌아가는 길에 섬서성 여산의 주막집에 들었는데 길거리가 매우 소란스러웠다. 주막 주인에게 그 까닭을 물으니,

"유오가 운주 절도사로 있던 역적 이사도의 부하들을 잡아 서울로 간답니다."

하는 것이었다. 길에 나가 보니 군사들이 죄인들을 둘러싼 채 몰아가고 있었다. 그 중의 한 사람은 정약이었다. 두 팔을 뒤로 묶인 채 긴 칼을 내려 끼웠는데, 머리가 검고 얼굴이 젊어 예전에 볼 적과 조금도 변함이 없었다. 자위는 매우 기특하게 여기고, 또 놀라 다시 살펴볼 때에 정약이 자위를 알아보고 잠깐 웃으며 멀리서 소리쳤다.

"서주에서의 이별을 기억하십니까? 한 번 눈 감자 그 사이에 벌써 50년이 흘렀네요. 다행히 이제 서로 만나게 되었으니 청컨대 큰길까지 따라와 주세요."

자위가 그의 뒤를 따라가다가 잠시 후에 장안의 자수역에 이르렀다. 그곳에서 죄인들을 좌우의 감옥에 넣어 잠그고 구멍 하나를 내어 먹을 것을 주었다. 자위가 그 구멍으로 들여다보니, 정약이 묶인 것을 풀고 쓰고 있던 칼을 벗어서 거적으로 덮어놓고는 그 구멍으로 뛰어나왔다. 그는 자위의 손목을 잡고 가까운 주막에 들어 서로 헤어져 있던 동안 그리워하던 정을 말하며 자위가 쇠로한 것을 슬퍼하였다. 자위가 정약에게 물었다.

"그대는 남다른 도력이 있어 보이는데, 이제 천자께서 어지시고 천하가 한 집이 되었거늘 어찌 반역을 하게 되었소?"

"제가 말씀 드린 지 오래되었지요. 어찌 도망이야 가겠소? 서주에서 이별할 때 서울 가까이 와서 서로 만나게 되리라고 말하지 않았습니까? 괴이하게 여기지 마세요."

자위가 물었다.

"이번에 꼭 형벌을 받을 생각이오?"

"신선의 도는 한 가지가 아니라오. 몸만 남겨두고 혼백이 빠져나가 신선이 되는 시해도 있고, 무기에 상해 죽을 때 혼백이 빠져나가 신선이 되는 병해도 있고, 물에 빠져 죽으면서 신선이 되는 수해도 있고, 불에 타서 죽으면서 신선이 되는 화해도 있지요. 죽림칠현의 한 사람인 혜강과 동진의 학자인 곽박은 다 형벌을 받아 시해를 하였답니다. 그냥 죽어서 버려지는 것과 같겠습니까? 제가 여기에서 달아나 숨은들 누가 능히 따라와 잡을 수 있겠어요?"

하고는 또 이르기를,

"붓 한 자루를 얻었으면 합니다."

하므로, 자위가 붓 한 자루를 내어주며 말하기를,

"내일 형장에 가서 만납시다."

하니 정약이 말하였다.

"저녁 무렵엔 비가 몹시 와서 형 집행을 못할 것이고, 이틀이 지난 후에는 나라에 조그만 변고가 생겨서 19일이 되어서야 집행을 할 것이니, 그대가 이때에 찾아와 주면 다행이겠소."

말을 마치고는 역관으로 돌아가서 다시 구멍으로 들어가 칼을 메고 앉는 것이었다.

그날 저녁부터 과연 바람이 일고 큰 비가 와서 형 집행을 하지 못하고, 이틀 만에 비가 개자 황제의 후궁이 죽는 일이 발생하였다. 그로 인하여 황제는 사흘 동안 조회를 그쳤다가 19일에 죄인들을 죽이라는 조서를 내렸다.

자위는 밥을 일찍 지어서 먹고 형장에 나아가 기다렸다. 한낮이 되어 역적에 대한 사형 집행을 알리려고 사람들을 불러 모으자 구경하는 사람들이 좌우에 가득 차서, 잠깐 발을 옮기면 서로 잃어버릴 지경이었다.

죄인을 차례로 베다가 정약에게 다다랐다. 정약은 벌써 자위가 온 것을 보았는지라, 멀리서 자위에게 눈길을 주고 서로 웃었다.

자위가 자세히 보니 죄인의 목을 베는 사람이 환도를 휘두를 때에 정약을 보지 못하고 주막에서 자위가 주었던 붓의 목을 베는 것이 었다.

정약은 어느 틈에 자위의 곁으로 와 서서 자위를 데리고 주막집으로 들어가 옷을 벗어 술을 사서 마시며 말하기를,

"저는 이제부터 속세를 떠나 노닐 것이오. 그대가 도 받들기를 힘써 하면, 인간세상이 두 번 바뀐 뒤에 곤륜산의 석실에 가서 기다리겠소."

하고는 주막에서 내려와 서쪽으로 두어 걸음을 걷더니 문득 간 곳을 알 수가 없었다.

신선이 될 기연을 놓친 양주의 열 벗

　강소성 양주 땅에 열 사람이 서로 벗이 되어 지냈는데, 다 집이 가난하지 아니하여 분수를 지키고 만족함을 알아 벼슬을 구하지 아니하고 재물을 탐하지 아니하며 도를 아는 사람들이었다. 서로 형제 같이 친하여 술과 음식을 즐겼는데, 처음에 한 집에서 음식을 장만하면 차례로 장만하여 열 집이 돌아가며 서로 잔치를 하며 지냈다.

　한 번은 열 사람이 모였을 때에 한 늙은이가 들어와 인사를 하였다. 그 노인은 의복이 남루하고 얼굴이 여위어 겉으로 보기에 몹시 가난한 사람이었다. 모두들 가엾이 여겨 내치지 않고 술과 음식을 먹였다. 취하고 배부르게 먹고 나갔는데 어느 곳으로 갔는지를 몰랐었다. 그 후에 노인이 문득 열 사람이 모인 곳에 와서 말하였다.

　"나는 가난한 선비인데 다행히 모두들 말석에 앉는 것을 허락하고 꾸짖지 아니하니 매번 감격하였었소. 나도 힘을 다하여 잔치를 베풀어 두터운 은혜를 갚으려 하니 날짜를 기약하여 누추한 집에 와 주시기를 청하오이다."

　열 사람이 다 허락하고 정한 날 새벽에 일어나 약속한 곳으로 찾아가려 하였는데, 그 노인이 먼저 이르러 사람들을 인도하여 갔다. 동쪽으로 나가 어느 들판 밖의 풀숲으로 들어가니 초가집 두어 칸 있었다. 그 집은 반이 넘게 기울어지고 기둥이 부러지려고 하였다.

　그곳에는 비렁뱅이 두어 사람이 있었는데, 머리가 헝클어져 쑥대 같고 얼굴이 몹시 더러우며 입은 옷이 누더기여서 차마 볼 수가 없었다.

　그들은 노인을 보고 즉시 일어나 집 밖으로 나섰다. 그 노인이 비렁뱅이들로 하여금 집 아래를 쓸고 헌 삿자리를 깔게 한 뒤 열 사람들과 더불어 둘러앉았다. 날이 벌써 늦었는지라 다들 배고파하였는데, 매우 오래 되어서야 소금과 대젓가락을 가져다가 손님들 앞에 두루 놓았다. 그리고는 널빤지 하나를 가져다가 손님들 앞마다 놓았는데, 위에 기름 먹인 종이 같은 것이 덮여있었다. 열 사람이 서로 바라보고 '요기를 하겠구나.' 하며 매우 기뻐서 덮은 종이를 벗겼다. 그 속에는 여남은 살 먹은 아이를 삶은 것이 들어있었다. 푹 익어 머리와 손발이 떨어진 채 물크러져 있었다.

　그 노인이 예를 갖추어 먹기를 권하였으나, 모두들 쳐다보지도 못하고,

　"배가 불러서 먹기 싫습니다."

하고, 어떤 이는 노하여 뛰쳐나가는 사람도 있었다. 아무도 먹을

사람이 없었으므로, 그 노인이 혼자 실컷 먹고도 다 못 먹어서 남은 것을 비렁뱅이들에게 주어 다 먹은 후에 모든 사람들에게 말하였다.

"이것은 천 년 묵은 인삼이라오. 한 번 만나기 어려운 것을 내가 마침 얻었기에 그대들이 노부를 대접하였던 은혜에 감격하여 이로써 갚고자 했던 것이오. 이것을 얻어먹으면 대낮에 하늘로 올라 으뜸 신선이 될 텐데 모두들 먹지 아니하였으니, 이것도 팔자로군."

모든 사람들이 깜짝 놀라며 후회하였다. 그 노인은 비렁뱅이들에게 재촉하였다.

"빨리 먹고 즉시 오라!"

이윽고 비렁뱅이들이 선동과 선녀로 화하여서는 깃발과 일산을 잡고 그 노인을 모신 채 일시에 구름을 타고 하늘로 올라갔다. 열 사람의 벗들은 가슴을 두드리며 애달파하다가 집으로 돌아갔다.

스승을 앞서 신선이 된 구 도사

황 존사라는 도사가 강소성 모산에서 도를 닦았는데, 법술이 매우 높고 영웅한 일이 매우 많았다. 그의 제자 가운데 구 도사라는 사람이 있었는데, 나이가 젊고 성품이 민첩하지 아니하여 매양 존사에게 질책을 받곤 하였다.

초당 동쪽에 작은 골짜기 하나가 있었는데, 풀이 우거져서 앞을 가리고 덩굴이 엉켜져서 뱀과 모진 짐승이 들어 있는 곳 같아 보였다.

하루는 구 도사가 도 배우기를 게을리 하여 존사가 때리려고 하므로 매를 피하여 그 골짜기로 들어가 숨었다. 존사는 구 도사가 짐승에게 상할까 하여 풀을 다 베고 찾았으나 골짜기가 깊어 간 데를 알지 못하였다. 오랜 후에 구 도사가 바둑알 하나를 가지고 와서 말하기를,

"마침 진나라 때 사람이 음식을 먹여주어서 이제야 나왔습니다. 이 바둑알은 진나라 때 사람이 두는 것을 하나 가져 왔습니다."

하니 존사는 괴이하게 여겼으나,

'혹시 여우에게나 홀렸었나?'

하고는 믿지 아니하였다.

모산은 신선들이 사는 곳이라고 세상에 알려져서 도를 배우는
사람이 수천 명이나 되었고, 다 황 존사를 으뜸으로 삼았는데, 존사
의 공부는 실로 신선이 될 만하였다. 매양 좋은 때면 다들 공중을
바라보며 존사가 신선이 되어 타고 갈 구름과 학을 기다리지 않는
사람이 없었다.

이듬해 8월 보름날 밤에 하늘의 기운이 맑고 달빛이 대낮 같이
밝은데, 오색구름이 일어나 창문 앞에 와서 모이며 신선의 음악이
뜰에 가득하자 제자들이 다들

'황 존사의 신선될 기약이 이르렀다.'

라고 생각하며 즉시 향화를 갖추었다. 황 존사도 목욕재계하고 새

옷을 갈아입은 뒤 신선들이 내려오기를 기다렸다. 새벽이 되어가니 안개가 점점 흩어졌다. 이때 구 도사가 오색구름을 타고 동쪽으로부터 와서 뜰 가운데 서 있으니 난새와 학이 좌우에서 섞여 날아들고, 풍류소리가 구름 사이에 어리었다. 구 도사가 황 존사에게 절을 한 뒤 말하였다.

"존사께서는 다시 힘써 도를 닦으세요. 오래지 않아서 신선이 되실 겁니다."

또 모든 제자들과 이별하고는 바람을 타고 구름에 올라 점점 멀리 가니, 다만 풍류소리만 은은히 들려올 뿐이었다.

뜻밖의 횡재를 한 해주 사냥꾼

강소성의 해주에 사는 한 사람이 활로 사냥하기를 일삼았다.

하루는 동해 위의 산중에 가서 사슴 사냥을 하고 있었다. 그때, 빛깔이 검고 몸통의 굵기가 산맥이 이어진 듯하며 길이가 열 발쯤 되는 뱀 한 마리가 바다 위로 올라오는데, 두 눈이 햇빛처럼 빛을 쏘고 있었다. 그는 놀랍고 두려웠으나 피할 길이 없어 염불만 하고 있었다. 그 뱀이 다가오더니 그와 그의 화살을 한 입에 물고 바다를 건너가서는 높은 곳에 앉혀놓고 그 밑에서 무엇을 기다리는 듯하였다. 또 한 마리의 뱀이 남쪽으로부터 왔는데 생김새는 먼저 뱀과 같았으나 크기가 갑절은 되어 보였다.

그 산 밑에 다다라 두 마리 뱀이 서로 싸우는데 몸을 한데 감고 입으로 서로 물어뜯는 것이었다. 그는 그제야 싸움을 돕게 하려고 자신을 물어온 것을 알고 화살을 뽑아 독약을 바른 뒤 큰 뱀을 쏘았다. 그 뱀은 전에 한 눈을 잃고 있었는데, 성한 눈을 마저 쏘아 여러

대의 화살을 맞으니 마침내 죽어 늘어졌다. 그를 물어왔던 뱀도 싸움을 오래 해서 꼬리와 머리가 다 벗겨져 있었다.

그 뱀이 문득 다른 곳으로 가더니 즉시 큰 진주 하나와 작은 진주를 두어 말이나 물고 왔다. 뱀은 그를 도로 물어다 전에 있던 산에 데려다 놓고는 그 진주를 그의 앞에 뱉어주고 갔다.

보배 구슬

섬서성 함양의 악사라는 절에는 남북조시대 북주 무제의 상을 세워 놓았다. 무제의 면류관 위에 매실만한 크기의 진주를 꿰어 놓았으나 예로부터 귀하게 여기지 않아 그대로 전해져왔다.

한 선비가 장난삼아 그 진주를 떼어 가지고 있다가 날이 더우므로 절 문에 와서 옷을 갈아입을 때 그 진주를 문가에 서 있는 토상 아래 놓고는 잊어버려 거두지 않았다.

그는 빚을 받으려고 강소성 양주로 가다가 하남성 진류 땅에 이르러 주막거리에 가서 묵게 되었다. 밤에 이민족 상인들이 보배를 두고 서로 다투는 소리가 들려왔다. 그 선비가 일어나서 가보고 진주를 두고 온 이야기를 하자, 그 상인들은 진주의 생김새를 자세히 묻고는 놀라며 말하였다.

"중국에 이 보배가 있다는 것을 안 지 오래 되었지요. 지금 구하고자 하고 있는데, 그대가 이제 찾아오면 우리가 황금과 비단을 모아서 드리겠소."

선비가 대답하기를,

"지금 양주로 빚을 받으러 가는 길이라 돌아가기가 어렵겠소."

하니, 모든 상인들이 물었다.

"그대가 받을 빚이 얼마나 되오?"

"돈 5백 냥이오."

모든 상인들이 5백 냥을 즉시 모아 주고 선비를 보내며,

"진주를 가져오시오."

하므로 도로 절로 들어가니 진주가 그 절 문에 그저 있었다. 진주를 가져다가 그 상인들에게 보여주니 날뛰고 즐거워하며 서로 열흘 동안 잔치를 벌인 후에 값을 묻는 것이었다. 그 선비는 제 딴에는 대단하게 말한다고,

"돈 일천 냥을 주시오."

하니 상인들이 크게 웃고 말하기를,

"어째서 이 진주를 모욕하시오?"

하고 저희들이 값을 정하여 5만 냥을 주고는 그 선비를 청하여,

"바닷가에 가서 이 진주의 값어치를 보시오."

하였다. 그 선비는 그들과 함께 동해 바닷가로 갔다. 그들 상인 가운데 우두머리가 은으로 만든 솥에 우유를 달이고, 그 진주를 금빛나는 병에 넣어 우유에 담가 1주일을 달였다. 그때 어떤 두 노인이 수백 명의 사람들을 거느리고 보배를 가져와서는,

"진주를 사고 싶소."

하였으나 상인의 우두머리는 허락하지 않았다. 2~3일이 지난 후에 그 노인이 다시 찾아와 온갖 보배를 산더미 같이 쌓아놓고 간절히 팔 것을 빌었으나, 우두머리는 끝내 팔지 않았다.

한 달가량을 달이니 모든 사람들이 다 흩어져 가고, 얼굴이 매우 고운 두 용녀가 들어와 진주를 넣은 금병 가운데로 뛰어들었다. 두 용녀도 한데 넣어 고았다.

선비가 물었다.

"진주를 사러 온 사람은 어떤 사람이오?"

상인들의 우두머리가 대답하였다.

"이 진주는 지극한 보배니 마땅히 두 용녀가 와서 호위해야지요. 모든 용들이 자신의 딸을 보내는 것이 서러워서 온갖 보배를 가져와서 사려고 했던 것이오. 나는 속세를 벗어나고자 하는데 어찌 속세에서 부자가 되는 것을 돌아보겠소?"

하고 그 진주 고은 것을 내어 두 발에 바르고 물 위로 걸으니 물이 묻지 않고 평지에서 걷는 것 같았다. 그리고는 배를 버리고 가니, 모든 상인들이 말하기를,

"이 진주를 함께 샀는데 어찌 홀로 그 이익을 가지려 하시오? 그대가 우리를 버리고 혼자 가면 우리는 어떻게 돌아가란 말이오?"

하니 그 우두머리가 말하였다.

"솥 안에 달이던 우유를 가져다가 배에 바르면 순풍을 얻어 집으로 돌아갈 수 있을 게요."

하고 바다 위로 걸어가더니 간 곳을 알 수가 없었다.

장 산인과 후 도사

당나라 시절 태종의 현손인 조왕이 호남성 형주에 귀양 왔을 때, 장 산인이라는 도사가 있어 조왕과 친하게 지냈다. 조왕이 사냥하러 나갔다가 10여 마리의 사슴을 만나 포위하여 잡으려는데 홀연 사슴이 모두 사라져 버리고 말았다. 장 산인에게 물으니 그가 말하였다.

"이는 술사가 숨긴 것 같습니다."

하고는 물을 떠놓고 부적을 붙였다. 이윽고 물 가운데 길이가 한 치가량 되는 한 도사가 나타났다. 그 도사는 자루를 지고 지팡이를 짚고 길을 갔는데, 사냥 나온 사람들이 다 함께 구경하였다. 장 산인이 바늘을 가져다가 물속으로 그 도사의 왼쪽 발을 찌르니, 그 도사는 즉시 다리를 절며 가는 것이었다. 장 산인이 말하였다.

"이 사람을 이제는 따라가기가 쉬울 것입니다. 이제 겨우 10리가량 갔습니다."

조왕이 말 탄 사람을 북쪽으로 달리게 하여 10여 리쯤 가니 과연 다리를 절면서 가는 도사가 있었는데 물속으로 보던 얼굴과 같았다.

조왕의 명으로 청하니 그 도사가 웃으며 도로 왔다. 장 산인이 조왕에게 말하였다.

"꾸짖어서는 안 될 것이니 예로써 청하십시오."

도사가 이르자 조왕이 물었다.

"사슴은 어디에 있는가?"

도사가 대답하였다.

"아까 많은 사슴들이 까닭 없이 죽으므로 슬피 여겨 과연 숨겨 두었습니다만, 또한 놓아 보낼 수가 없어서……, 이 산에 있사옵니다."

조왕이 좌우 사람들에게 명하여,

"찾아보라!"

하니, 10여 마리의 사슴들이 산 속에 있었으나 움직이지 못하였다.

조왕이 도사에게 다리를 저는 까닭을 물으니, 도사가 대답하였다.

"길을 2∼3리가량 가다가 홀연 아프게 되었는데, 저도 알지 못하 겠습니다."

조왕이 장 산인을 불러 서로 보게 하니, 그 도사는 전에 알던 사람이었다. 도사의 절던 다리도 즉시 나았다. 그 도사는 호남성 침주의 연산관이라는 도관에 있는 후생이었다.

후생은 그 길로 연산관으로 돌아갔다. 후에 한 나그네가 침주를 지나가다가 연산관에 잠자리를 빌려서 잤다. 그가 말을 도관 대문에 매어 많이 더럽혔으므로 후생이 그를 꾸짖으니, 그 나그네는 화를 내며 후생에게 온갖 욕설을 퍼붓고 떠났다. 열흘가량 지난 뒤 그

나그네가 마침 장 산인을 만났는데, 장 산인이 그를 보고 물었다.

"그대에게 큰 액이 있는 듯한데, 남에게 죄를 지은 일이 있지 않소?"

그가 연산관에 가서 도사와 다투었던 일을 말하니, 장 산인이 말하였다.

"그 도사는 괴팍한 사람이라오. 그대에게 화가 닥칠 것이니 빨리 가서 사례하시오. 그렇지 않으면 액을 벗어나기가 어렵겠소. 다만, 오늘 밤에 벼락 맞을 액을 면치 못할 것이니, 그대는 오늘 자는 곳에 이르거든 잣나무 한 그루를 베어 몸과 길이를 같게 하여 누울 자리에 놓은 뒤 옷과 이불을 덮어 두시오. 그대는 따로 가 있으되, 대추나무로 말뚝 일곱을 만들어 북두칠성 모양으로 땅에 박고, 둘째 별아래 엎드려 있으시오."

그 나그네는 크게 놀라 즉시 집으로 가서 장 산인의 말대로 하였다. 과연 그날 밤에 비바람이 크게 일어나고 번개와 우레가 진동하여 앞집에 벼락을 치고 번개 빛이 엎드린 곳에 들어와 두루 돌며 찾는 듯하더니 그만하고 그치는 것이었다. 이튿날 집에 들어가 보니 잣나무가 가루가 되어 있었다.

그는 연산관에 가서 후생에게 사죄하고 울며 빌었다. 그러자 오랜 후에야 후생이 노기를 풀고 말하기를,

"네가 틀림없이 장 산인을 만나 화를 면했구나. 이제는 그대를 놓아줄 것이니 차후로는 연산관의 사람을 모욕하지 말라."

하고 돌려보냈다.

육생과 종남산 노인

당나라 현종 시절에 육생이라는 선비가 과거를 보려고 서울에 올라가 머물렀다. 그러나 가난하여 종이 없었으므로 혼자 노새를 타고 다녔다.

하루는 그 노새가 고삐를 떼고 달아났다. 육생이 그 뒤를 따라가다가 장안성의 계하문으로 나가서 바로 종남산에 이르렀다. 그곳에 산속으로 들어가는 한 줄기 길이 있었다. 육생이 그 길로 5~6리가량 들어가니 한 곳이 가장 넓은데, 사람의 집이 있고 대문 안의 뜰이 깨끗이 청소되어 있었다. 육생이 대문 안을 엿보니, 초당 앞에 포도가지가 뻗은 시렁이 있고, 그 밑에 노새가 매어져 있었다. 육생이 초당의 문을 두드리니, 한참 뒤에 한 노인이 문을 열고 육생을 맞으며,

"들어와 앉게나."

하므로 육생이,

"노새를 찾아 가고 싶습니다."

하니 노인이 말하였다.

"젊은이는 다만 노새만 위하는가? 여기에 이른 것이 또한 다행이라네. 내가 일부러 노새를 오게 한 것은 자네를 부른 것이니, 자네가 잠깐만 머물면 사연을 알게 될 걸세."

하고는 육생과 함께 안으로 들어갔다. 화려하게 빛나는 집이며 높은 정자와 연못, 화초 등이 신선이 사는 곳 같았다.

노인은 육생을 하룻밤 머물게 하여 재우고 기이한 음식을 먹여주었다. 좌우의 풍류소리와 고운 여자들이 세간에서 보던 것이 아니어서, 육생은 놀라웠으나 그 연고를 알 수가 없었다.

이튿날 노인에게 하직하자 노인이 말하였다.

"이곳은 사실 신선들이 사는 곳이라네. 자네에게 도심이 있는 까닭에 일부러 이곳으로 이끌어 오게 한 것일세."

하고 곁에 모시고 서 있는 아이들을 가리키며 말하기를,

"이 아이들도 다 장안성의 시정에서 자랐으나 다 내가 가르쳐서 도를 이루어 능히 구름을 만들고 비를 내리게 할 수 있지. 목숨이 천지와 같이 영원할 것이니 어찌 인간 세상에서의 잠깐 사이의 뜬구름 같은 영화와 같겠는가? 자네도 이 아이들처럼 되기를 원하는가?"

육생이 절하고 말하기를,

"공경하여 가르침을 받겠습니다."

하였다. 노인이 말하기를,

"도를 배우는 예법이 스승에게 여자를 하나씩 바치는 것인데, 자네를 인연하여 얻을 길이 없으니 이제 도술을 가르쳐주거든 그로써

찾게나."

하고는 푸른 대나무 하나를 주고 말하였다.

"자네는 이것을 가지고 장안성 안에 들어가 5품 이상 3품 이하 조정 관리의 집에 들어가 딸이 있거든 이 대나무를 던지고 함께 데 리고 오게. 벼슬이 높거나 귀한 집엘랑은 들어갈 생각도 하지 말라. 그들의 권세가 능히 자네의 일을 제어할 게야."

육생은 즉시 대나무를 가지고 성 안으로 들어갔다. 육생은 본디 어떤 것이 재상의 집인가를 알지 못하였다. 두어 집을 들어가 보았 으나 딸이 없었다. 그가 들어갔던 집의 사람들이 자신을 보지 못하 는 듯하였으므로, 노인의 당부를 잊고 호부의 장관으로 있는 왕 시 랑의 집으로 잘못 들어갔다. 그 집에는 딸이 있었는데, 거울을 들고 화장을 하고 있었다. 육생은 가지고 간 그 대나무를 상 위에 던지고 그 딸을 이끌고 나와 섬돌에 내리며 돌아보니, 그 대나무가 벌써 그녀의 모습으로 화하여 상에 거꾸러져 있었다.

온 집안사람들이 놀라 저마다 소리 지르기를,

"작은아씨께서 불의에 돌아가셨다!"

하는 소리가 진동하였다.

그때는 왕 시랑이 조회를 막 끝내고 돌아와 있었으므로, 시랑을 뵈러 오는 사람들이 거리를 메우고 있었다. 그 집의 문이 여럿인데다 깊숙하여 육생은 나갈 수가 없었다. 육생은 그녀와 함께 중문가에 숨어 있었다.

왕 시랑이 딸의 사망 소식을 듣고 안에 들어와 보니, 좌우에 분주하게 오가는 사람들이 그치지 않고, 조문객들이 문을 메우고 있었다.

왕 시랑이 섭 도사를 청하여 딸의 맥을 짚어보게 하였더니 그가 이르기를,

"이는 귀신이나 도깨비의 짓이 아니라 도사가 한 일입니다."

하고 죽은 딸에게 물을 뿜으니 즉시 변하여 대나무가 되는 것이었다. 그가 또 이르기를,

"그 사람이 멀리 못 갔을 것이니 찾아보면 있을 것입니다."

하고는 칼을 빼어들고 집을 돌며 부적을 붙이니, 과연 중문 가에 이르렀을 때 숨어 있던 육생을 찾아냈다. 육생을 쇠사슬로 묶고 신문을 하니, 육생이 그 간의 사연을 자세히 말하였다. 섭 도사는,

"그 노인도 함께 죽일 것이다."

하고는 육생을 거느리고 종남산 아래 이르렀다. 그러나 전에 있던 길도 없어져, 육생도 노인이 있는 데를 찾을 길이 없었다. 모두들

육생을 더욱 요망하다고 하면서 도로 데리고 가려하니, 육생이 산을 바라보며 통곡하고 말하기를,

"선생은 어찌하여 나를 죽게 하십니까?"

하고 머리를 돌이키니 홀연 길이 나며 노인이 막대를 짚고 내려와 산 밑에 이르렀다. 고을 아전이 나아가서 잡으려 하자, 노인이 짚고 있던 막대로 땅을 가로 그으니 뜻밖에 물이 가로질러 그 너비가 한 발이 넘었다.

노인이 육생을 꾸짖어 이르기를,

"내 자네에게 당부하기를 '권세가 있거나 귀한 집엘랑은 들어가지 말라.' 하였는데 어찌 내 명을 어기고 스스로 환난을 얻어 만난 것이냐? 그러나 자네를 아니 구하지는 못하겠구나."

하니 모든 사람들이 놀라 두루 살필 사이에 노인이 물을 머금어 뿜으니 검은 안개가 2~3리에 막혀 낮이 밤 같아서 사람을 서로 알아볼 수가 없었다.

한참 뒤에 안개가 걷히고 보니, 육생은 벌써 사라져버렸고 쇠사슬만 땅에 떨어져 있었다. 산 위로 나 있던 길과 한 발이 넘던 냇물도 찾아볼 수가 없었다.

누에 아씨 마두랑

삼황오제 시대 제곡 고신씨가 황제로 있을 때에 사천성 파촉 땅에는 임금이 없어 백성들을 통솔할 방법이 없었다. 그런 까닭에 겨레와 친척들을 모아 각각 마을을 이루어 살면서 서로 침노하며 싸움을 하였다.

이때 누에 아씨는 사천성 광한 땅에 살고 있었다. 그녀의 아버지는 이름이 전해지지 않았는데, 남의 땅에 잡혀간 후로 한 해가 지났다.

그녀의 아버지가 타던 말이 집에 남아 있었다. 누에 아씨가 아버지를 생각하여 매양 식음을 폐하고 울기를 그치지 아니하자, 그녀의 어머니는 딸을 위로하려고 모든 사람들에게 맹세하기를,

"아무나 이 아이의 아버지를 데려올 사람이 있으면 이 딸로 아내를 삼게 해주겠소."

하였다. 부하들이 다 그 말을 들었으나 능히 그녀의 아버지를 데려

올 길이 없었다. 그런데 그 말이 이 말을 듣고 네 발을 구르며 온 몸을 날뛰어 고삐를 끊고 내닫더니, 2~3일 만에 그녀의 아버지가 이 말을 타고 돌아왔다.

그 후로부터 말은 울며 먹이를 먹지 않았다. 그녀의 아버지가 그 연고를 묻자, 그녀의 어머니가 모든 사람들에게 맹세했던 말을 하니 그녀의 아버지가 말하였다.

"사람에게 맹세를 하였지 말에게 맹세를 한 것이 아닌데, 어찌 사람이 짐승의 짝이 되랴? 나를 어려운 곳에서 빼내었으니 공은 크지만 맹세한 말은 행할 수 없다."

그 말을 들은 그 말이 더욱 날뛰므로, 화가 난 그녀의 아버지는 활을 쏘아 죽이고 말았다. 그리고는 그 가죽을 마당에 펴서 널어놓았다. 누에 아씨가 그 곁으로 지나가는데, 그 가죽이 갑자기 일어나 아씨를 싸서 둘둘 말아가지고 날아갔다. 10일 만에 다시 날아와서는 뽕나무 위에 걸쳐져서 누에로 화하여 뽕잎을 먹고 실을 늘이어 고치를 이루니, 그녀의 부모는 뉘우치고 한스러워 하며 딸이 그리워 눈물을 흘렸다.

어느 날 문득 누에 아씨가 구름 속에서 그 말을 타고 20여 명의 사람들을 거느리고 하늘에서 내려와 말하기를,

"옥황상제께서 저에게 '효도를 능히 몸으로 실천하고 마음속에 의리를 잊지 않았다.'고 하시면서 구궁선빈이라는 선녀를 삼으시어 하늘에서 불로장생하게 하셨으니 다시는 저를 그리워하지 마세요." 하고는 도로 구름 속으로 올라갔다.

그 후로 누에치는 집에서 해마다 기도를 드리면 크게 영검이 있었다. 이러한 유래로 옛날에 누에를 치는 방인 잠실에는 누에 아씨의 얼굴을 그려 걸고 말가죽을 그 앞에 놓고는 마두랑이라고 하였다.

옮긴이의 말

중세시대 서사문학을 집대성한 것으로 아랍 지역에 《아라비안나이트》(10~15세기경), 이탈리아에 G. 보카치오(1313~1375)의 《데카메론》(14세기 중반), 영국에 시인 G. 초서(1340?~1400)의 《캔터베리 이야기》(14세기말)가 있다면, 중국에는 송나라 때 이방 등이 태종의 칙명을 받아 이전 시대의 이야기를 집대성한 《태평광기》(977~978년) 5백 권이 있다.

《태평광기》는 고려 중기에 이미 이 땅에 전래되어 읽혔고, 조선조 성종 때 성임(1421~1484)이 그 가운데서 발췌하여 《태평광기상절》 50권을 간행하였다. 조선조 선조-경종 시기에는 5권 5책의 필사본 《태평광기언해》가 출현하였다. 5책본 《태평광기언해》는 《태평광기》소재 이야기 가운데 권1에 26편, 권2에 21편, 권3에 21편, 권4에 26편, 권5에 30편 등 124편이 언해되어 있다.

언해라고는 하였으나 124편의 이야기 가운데 원문을 있는 그대로 우리말로 옮긴 것은 단 1편도 없다. 불필요한 부분을 축약 또는 생략하여 언해한 것, 부분적으로 부연하여 언해한 것, 일부 내용을 변개시켜 언해한 것 등이 대부분이다. 그 중에서 특히 주목되는 것은

이 땅의 정서나 이야기의 흐름에 맞지 않는 것을 과감하게 변개하고 있다는 것이다. 이야말로 '우리말로 다시 태어난 《태평광기》이야기'라고 할 수 있으며, 우리 서사문학 번역사에서 중요한 의미를 지닌다고 생각한다.

그러나 5책본 《태평광기언해》는 16~18세기의 우리말로 언해된 것이어서 중세국어를 전공하지 않은 독자들이 쉽게 다가갈 수 있는 자료가 아니다. 그래서 옮긴이는 이미 5권 모두를 각권마다 교주편과 국역편으로 출간한 바 있다. 교주편에서는 국어학적인 주석을 붙이고, 이를 국역편에서 현대어로 옮겨 보았다. 그러나 국역편도 이 분야를 전공하는 학자들의 편의를 위해서 한자를 노출하고 생소한 고전용어와 지명 등에 대한 주석을 붙여서 일반 독자들이 읽기에는 수월하지 않은 점이 있다.

이번에 일반 독자들을 위해 좀 더 평이한 문체로 가다듬고 삽화를 넣어 출간하면 어떻겠느냐는 주변의 제의를 받아들여, 124편의 이야기 가운데 특히 흥미롭거나 중요한 의의를 지니는 이야기 50편 가량을 추려 읽기 쉽게 풀어 쓴 것이 이 책이다. 책의 제목은 남녀의 애정에 관한 이야기가 다수를 차지하므로 첫 번째 이야기에 나오는 시 가운데서 뽑았다. 여기에 실려 있는 이야기는 동양인들의 상상력의 보고일 뿐만 아니라, 우리 소설문학이 제대로 된 모양을 갖추는 데 소중한 의의를 지니는 것으로 교양인들의 일독을 권한다.

이 책의 삽화를 위해서 상명대학교 시각디자인과 김재현 교수님의 지도로 김웅민, 김경환, 윤종구 등 세 분의 일러스트레이터들이 지난 한 해 폭염과 추위를 견디며 수고해 주셨다. 이 지면을 빌려 그 분들의 노고에 진심으로 감사의 마음을 전한다. 또한, 원고의 교정에 힘써 준 제자 김선영의 수고를 치하한다. 끝으로, 전자책 등 출판 상황의 변화로 인한 출판계의 불경기 속에서도 변함없이 우리 고전 속의 문화컨텐츠 개발에 앞장서시는 보고사 김흥국 사장님을 비롯한 편집진 여러분께도 머리 숙여 사의를 표한다.

계사년 6월 옮긴이 씀

옮긴이 **김동욱**

현재 상명대학교 한국어문학과 교수. 문학박사.

저서 : 《고려후기 사대부문학의 연구》, 《고려사대부 작가론》, 《따져가며 읽어보는 우리 옛이야기》, 《실용한자·한문》

역서 : 《완역 천예록》(공역), 《국역 동패락송》, 《국역 기문총화》1-5, 《국역 수촌만록》, 《옛 문인들의 붓끝에 오르내린 고려시》1·2, 《국역 청야담수》1-3, 《국역 현호쇄담》, 《국역 동상기찬》, 《국역 학산한언》1·2, 《국토산하의 시정》, 《새벽 강가에 해오라기 우는소리》상·중·하, 《교역 태평광기언해》1-5, 《국역 실사총담》1·2 외 논문 다수

표지화 및 삽화
김민웅 일러스트레이터
김경환 일러스트레이터
윤종구 일러스트레이터

붉은 연꽃 건져 올리니 옷에 스미는 향내

– 우리말로 다시 태어난 태평광기 이야기 –

2013년 8월 26일 초판1쇄 펴냄

옮긴이 김동욱
발행인 김흥국
발행처 도서출판 보고사

책임편집 이경민
표지디자인 윤인희

등록 1990년 12월 13일 제6-0429호
주소 서울특별시 성북구 보문동7가 11번지 2층
전화 922-5120~1(편집), 922-2246(영업)
팩스 922-6990
메일 kanapub3@naver.com
http://www.bogosabooks.co.kr

ISBN 979-11-5516-037-4 03820
ⓒ 김동욱, 2013

정가 13,000원

이 도서의 국립중앙도서관 출판시도서목록(CIP)은 서지정보유통지
원시스템 홈페이지(http://seoji.nl.go.kr)와 국가자료공동목록시스
템(http://www.nl.go.kr/kolisnet)에서 이용하실 수 있습니다.
(CIP제어번호: CIP2013009785)